# MESHUGÁ

**JACQUES FUX**

# MESHUGÁ
## UM ROMANCE SOBRE A LOUCURA

1ª edição

Rio de Janeiro, 2016

CIP-BRASIL. CATALOGAÇÃO NA PUBLICAÇÃO
SINDICATO NACIONAL DOS EDITORES DE LIVROS, RJ

F996m
Fux, Jacques
Meshugá: um romance sobre a loucura / Jacques Fux. – 1ª ed. –
Rio de Janeiro: José Olympio, 2016.

ISBN 978-85-03-01289-8
1. Romance brasileiro. I. Título.

16-35732

CDD: 869.3
CDU: 821.134.3(81)-3

Copyright © Jacques Fux, 2016

Capa: Frede Tizzot

Este livro foi revisado segundo o novo Acordo Ortográfico da Língua Portuguesa.

Todos os direitos reservados. Proibida a reprodução, armazenamento ou transmissão de partes deste livro, através de quaisquer meios, sem prévia autorização por escrito.

Reservam-se os direitos desta edição à
EDITORA JOSÉ OLYMPIO LTDA.
Rua Argentina, 171 – 3º andar – São Cristóvão
20921-380 – Rio de Janeiro, RJ
Tel.: (21) 2585-2000

Seja um leitor preferencial Record.
Cadastre-se e receba informações sobre nossos lançamentos e promoções.

ISBN 978-85-03-01289-8

Impresso no Brasil
2016

*S'iz shver tsu zayn a yid.*
(É duro ser judeu.)

Ditado iídiche

*Um prédio pro judeu doente e pobre,*
*Aos homens triplamente miseráveis,*
*Pr'aqueles que padecem de três pragas:*
*Pobreza, enfermidade e judaísmo!*

"Novo Hospital Israelita de Hamburgo",
Heinrich Heine

*Aliás, eu não sei se existem outros povos*
*capazes de zombar de si próprios,*
*com tamanha intensidade, como os judeus.*

Sigmund Freud

# O judeu louco no jardim das espécies

Ele imaginava que escrever este livro seria divertido. Pensava que todos os mitos, as crenças e as falácias atribuídos ao louco judeu — *meshugá* — poderiam ser discutidos ludicamente. Vislumbrava demolir esses absurdos argumentos, credos e teses através da ironia. Esperava que toda a questão da loucura fosse uma mera brincadeira, mas se enganou redondamente.

Ele sempre soube que as experiências não poderiam ser comunicáveis. Que a origem do romance seria fruto da história prodigiosa que cada indivíduo isoladamente carrega consigo. Que seria necessário buscar uma nova possibilidade de narrativa para tornar excepcionais e espetaculares as fábulas de cada um. E que era função de um bom escritor conseguir desvelar a beleza e a poesia por trás dessas histórias e ficções infinitas. Ele então engendrou o afastamento da própria obra para atacar essas questões. Biografou, pesquisou e esmiuçou a vida, os medos e os escritos de cada um dos personagens que inventariou. Compreendeu, mas também ludibriou e dissimulou, a busca, a solidão, o suicídio e o desejo reprimido dos seus protagonistas. E idealizou que poderia fazer tudo isso apenas racionalmente. De longe. Sem se envolver. Apenas brincando com as palavras. Triste engano.

À medida que o narrador foi escrevendo e criando, passou a reviver subitamente seus medos, incertezas e inseguranças. Passou a rememorar os mais íntimos momentos. Passou misteriosamente a se consubstanciar com seus atores de forma doentia. Ele foi, então, aos poucos, adormecendo a própria razão e criando malditos monstros. Os pesadelos começaram a não ser somente os dele, mas também os de todos. E os tormentos, as biografias e os martírios dos outros passaram a ser inteiramente os dele. Ele se tornou seus fantasiosos personagens. E enlouqueceu junto com eles.

# Sarah Kofman e o julgamento de Kafka

1.

Ela estava prestes a completar 60 anos em 1994. E sempre desejou contar sua história pessoal. Todos os seus livros anteriores, cheios de estudos, filosofias, análises profundas da alma e da obscuridade humana só eram uma preparação ou, talvez, um adiamento da narração e da invenção da própria vida. Da expurgação dos seus pecados. Da remissão pelos pecados de suas "mães". Ela se preparou durante décadas para ser capaz de compor sua biografia. Leu, escreveu e deu outras interpretações para as obras de Platão, Sócrates, Rousseau, Diderot, Comte, Freud, Derrida, Kant, Nietzsche. Ela se aterrorizou, mas também se apaixonou pelas certeiras e devastadoras palavras de Blanchot e Antelme em relação à *Shoá*, esse holocausto sem explicação. Sempre escreveu sobre o discurso dos outros, buscando recalcar ao máximo suas dolorosas palavras. Mas elas finalmente eclodiram, transbordando sentimentos tão adormecidos e escondidos, que ela não mais conseguiu suportar, tampouco sustentar e resistir ao pavor de suas reminiscências. Abraçou-se atormentada a essas palavras e lembranças, e com elas resolveu zarpar junto a Caronte. Sua obra memorialística e biográfica, *Rue Ordener, Rue Labat*, foi sua maldição, seu presente e seu óbolo ao mais sombrio dos barqueiros.

## 2.

Ela viu pela última vez seu pai, o rabino Bereck Kofman, no dia 16 de julho de 1942. Tinha apenas 8 anos, e um futuro completamente incerto. Sempre temeu que esse derradeiro dia chegasse. Mesmo nova, compreendia a situação dos judeus franceses e estava a par do acordo que a França de Vichy fizera com a Alemanha nazista de Hitler. "Malditos colaboracionistas", praguejava, ao se recordar desse terrível período. Mas nunca ousou expressar sua consternação em nenhum de seus muitos livros.

Nesse mesmo dia em que seu pai foi "recolhido", outros treze mil judeus também foram covardemente roubados de seus lares. Milhares de histórias foram perdidas naquela assombrosa invasão, que ficou conhecida como *rafle*. Histórias interrompidas, destruídas e aniquiladas pela suposta sanidade nazista e de seus comparsas franceses. Todas essas pessoas, e também o pai de Sarah, foram levadas ao Vélodrome d'Hiver em Paris. E lá permaneceram três dias até serem transportadas para o campo de internação de Drancy, de onde foram enviadas para alguns campos de concentração e extermínio. Aproximadamente oitenta mil judeus residentes na França foram aniquilados entre os anos de 1940 e 1944. E por mais que esse tema tenha sido um grande tabu, pouco discutido e muito esquecido na França, Sarah sempre soube exatamente o que tinha acontecido: "Meu pai Berek Kofman, nascido em 10 de outubro de 1900, em Sobin, Polônia, foi transportado para Drancy no dia 16 de julho de 1942. Ele estava no comboio número doze, do dia 19 de julho de 1942, com outros mil deportados, sendo 270 homens e 730 mulheres, de idade entre 36 e 54 anos; 270 homens registrados com números entre 54.153 e 54.422; 514 mulheres selecionadas para trabalhar, registradas com números entre 13.320 e 13.833; 216 do restante das mulheres foram gaseificadas imediatamente." Ela sempre viveu a dor do conhecimento, que é ainda maior, e muito maior, que a dor da ignorância. Conhecer o destino terrível de seu pai, e de toda uma geração, angustiou ainda mais a alma já aflita dessa menina-mulher.

Mas, até então, ela nunca havia falado sobre nada disso. Existia um medo de reavivar o antissemitismo se esse tema vergonhoso, da colaboração francesa na captura de judeus, fosse estudado e discutido. E nela ainda habitava um temor maior. Não queria (e não conseguia) remexer suas memórias, seus traumas e suas aflições. Isso não era tão simples quanto seu trabalho filosófico. Era impossível se distanciar do objeto. Seu corpo, frágil, sempre habitado por doenças, por feridas, por padecimentos e pelo medo do contato, nunca conseguiria resistir à liberação dessas amedrontadoras memórias.

Sobre outros temas, ela sempre conseguiu escrever. E muito bem. Até com certo humor e malícia. Redigiu inúmeros tratados sobre a questão da mulher, sobre o espírito superior em Nietzsche, sobre a figura do pai em Freud. Ela deu palestras divertidas, e profundas, nas universidades mais prestigiosas do mundo. Foi uma das pensadoras mais originais, e ousadas, que a França já conheceu. Colocou a questão da possibilidade da arte no foco central da filosofia. Mas sempre fugiu do contato com as pessoas. Sempre viveu em constante agonia e contrição. Fez com que sua razão brilhasse e fosse muito admirada. Assim, ela poderia desviar o foco da sua biografia velada. Mas incessantemente somatizava o passado hediondo do seu povo. Seus olhos mortos nunca esconderam seu angustiante fardo até o fatídico, ou maravilhoso, Dia D. Teria seu corpo se libertado de todas essas torturas em 1994? Teria sublimado sua mente ao tratar do único assunto relevante da filosofia, segundo Camus? Teria sua alma encontrado conforto em meio a toda culpa que sempre sustentou? Como teriam sido seus últimos dias, suas últimas horas, seus últimos suspiros depois de ter escrito este livro? Libertadores ou aterrorizantes? Teria ela partido com calma e alívio ou completamente em pânico?

## 3.

Havia tentado escrever algumas vezes sobre seu passado. Conseguiu redigir, em extrema agonia, apenas algumas páginas. Anotou as poucas lembranças das refeições sagradas que fez junto aos seus pais em *Sacrée nourriture*. Eles eram religiosos. Uma família com seis filhos e muitas crenças. Ela era obrigada, por sua mãe, a comer. Não podia deixar que sobrasse comida nenhuma. A vida era bastante dura, e todos deviam valorizar a comida *kosher*, difícil de conseguir. Tinham de respeitar e aceitar vários dogmas. E ela ainda era nova demais para entender o que estava acontecendo. Só sabia que tinha de comer, comer tudo, mesmo sem gostar. Mas nunca podia misturar carne com leite, trocar talheres, comer carne de porco, peixes sem escamas e alguns frutos do mar. Complexo. Difícil. Laborioso. Mas aquilo era extremamente sagrado para toda a comunidade liderada por seu pai.

E, como todos temiam, o período da guerra teve início. E na guerra há sempre um estado de suspensão. Suspensão da razão, das doutrinas, da humanidade. Da vida. Havia escassez de comida e eles deviam lutar para conseguir cada pedaço de pão. Como poderiam, então, continuar respeitando essas leis sagradas de alimentação? Como poderiam recusar a comida que encontravam? Como poderiam desprezar certo tipo de alimento? Isso seria de fato sagrado ou apenas profano? Assim, tiveram de ser mais flexíveis em alguns momentos, e isso muito afligiu a vida de Sarah.

A família ainda tentou fugir. Para que todos sobrevivessem juntos, entraram num trem da Cruz Vermelha, arriscando suas vidas. E o que acontecesse durante aquela fuga estaria a cargo do destino. De Deus. *Adonai Eloheinu, Adonai Echad*, rezavam ao Seu Único Deus. Em suas primeiras memórias, Sarah se recorda do alimento servido no trem. Sanduíche de presunto e maionese. Abominação. A mãe, que sempre obrigou a filha a comer de tudo, disse que eles não poderiam tocar naquela comida, apesar da fome intensa. Seria pecado, já que o alimento era impuro, sujo e proibido. Mas o pai, o que sempre manteve a fé e a crença, mesmo ao ser queimado nas fornalhas de Auschwitz, permitiu que o sanduíche fosse comido. A suposta manutenção da vida era mais importante que uma lei sagrada. "É tempo de guerra", disse o rabino, com um olhar pesado e triste.

As crianças se deliciaram com o porco proibido. Será que Deus, mais uma vez, brincava com a fé do rabino? Com a fé desse seu povo? Com a fé dessas pessoas que veneravam a Palavra acima de tudo e que sempre quiseram entender o motivo de serem punidos constantemente com tamanho rigor? Sarah, inocente do suposto pecado original, num misto de culpa e prazer, saboreou o delicioso sanduíche de presunto. Como nunca. Sentiu o maravilhoso sabor da contravenção. Do medo. Do proibido. Da maçã. Mas se deu conta do júbilo, e também da punição, que passaria a carregar consigo desde então. E nesses seus primeiros escritos traumáticos tudo foi resgatado.

Ela, ao se recordar desse delicioso sanduíche, teve mais uma vez ânsia de vômito. Corpo e alma atormentados. Como já era de costume, vivia a náusea, a culpa e o suplício ao comer qualquer tipo de comida. Mas teve que continuar. E sua família, infelizmente, não conseguiu fugir. Foram obrigados a voltar e se entregar novamente ao inconcebível destino.

Suas memórias são cheias de lacunas e confusões. Ela se recorda do período em que teve de ser criada por uma mãe católica. Um período em que, para se esconder da perseguição nazista, precisou mudar de nome, de endereço, de vida. Inventar uma personagem feliz, quando experimentava o pânico e a dúvida em relação à própria origem. Viver com uma pessoa completamente estranha que lhe trazia muita dor, mas também, e desgraçadamente, muito amor. E nunca compreendeu nada disso até então. Talvez somente agora, somente nesse momento em que ousou desafiar seu Deus negligente através da escrita, tenha enfim traduzido suas insuportáveis emoções.

Ao escrever, ela entende o motivo das incessantes náuseas. Quando foi adotada por essa mãe católica, e antissemita, foi obrigada a se purificar das comidas *kosher*. Rito que, segundo a crença da amorosa mãe adotiva, era nefasto. E por isso teve de ser limpa desse judaísmo. Dessa regra sobre o que comer, que tanto afrontava sua carinhosa mãe adotiva. Essa mãe que lhe dizia que seu povo e seu corpo eram sujos. Poluídos. Desprezíveis. Mas que ela, a pobre menina, era uma exceção. Um doce. Um amor. Que ela estaria à margem de toda essa porcaria judaica.

Assim, a mãe católica lhe dedicava todo amor e devoção, e por isso a pobre Sarah viveu o antagonismo de sensações terríveis. Sobreviveu rejeitando toda a comida e todo o carinho que recebia: "Submetida a um 'duplo vínculo', eu não conseguia engolir mais nada e acabava vomitando." Será que ela vomitava esse amor antissemita? Será que ela execrava o fato de não ter sido enviada a Auschwitz com seu amado pai? Será que ela regurgitava o privilégio de ter sido escolhida para viver essa sua maldita vida?

Essa foi sua primeira tentativa de escrever sobre seu passado. A primeira dor que não conseguiu suportar. As primeiras memórias que custaram a eclodir. As primeiras palavras que não se permitiu pronunciar. O silêncio doloroso que perdurou por alguns outros anos.

## 4.

Mas as palavras estavam atadas ao seu corpo ferido. Eram proibidas e impossíveis de serem articuladas. "Invocadas e ainda esquecidas, e por muito tempo internalizadas e absorvidas." Mais palavras, impossibilidades e dores: "Engasgadas na garganta sufocando a respiração; elas te asfixiam, eliminando qualquer possibilidade de recomeçar."

Algum tempo depois, ela tenta escrever novamente, mas não consegue: "É uma voz 'neutra' que te convoca indiretamente, e em sua extrema negação, é a própria voz da angústia em função desse evento que eliminou toda possibilidade de prosseguir, e que aflige toda a humanidade como 'um golpe decisivo que não deixa nada intacto'. Essa voz te deixa destituído de uma voz, faz você duvidar do senso comum e de todo o sentido, faz você se sufocar em silêncio: 'silêncio como um grito sem palavras'; mudo, embora chorando sem parar." Mas ela seguiria tentando. Não há mais outro caminho.

Ela busca as verdadeiras palavras. Procura os sentimentos adormecidos. Vasculha as lembranças submersas e já assimiladas. E finalmente escreve sua obra magistral.

Principia este que seria seu último livro lembrando-se do pai. Da dor de existir sem a presença dessa marcante figura. Do dia em que ele foi levado e desapareceu para sempre. "Meu pai, um rabino, foi morto porque tentou observar o Shabat — o dia santificado —, nos campos de extermínio; foi enterrado vivo por ter — de acordo com o relato das testemunhas — se recusado a trabalhar no dia sagrado, a fim de homenagear esse Deus de todos, vítimas e algozes, e restabelecer, nessa situação de impotência e extrema violência, uma relação além do poder do campo. Eles não podiam aceitar que um judeu, esse verme, mesmo nos campos da morte, não tivesse perdido a fé em Deus. Assim, por ser judeu, meu pai morreu em Auschwitz." Seu livro, e sua comiseração, têm início. Um começo sem volta.

Ela sabe que escrever não vai salvá-la. Sente que aquilo tudo que tanto reprimiu vai ressurgir de forma avassaladora. Impetuosa. Vulcânica. Ela tenta evitar que isso venha à tona, mas já não consegue. Não pode. Não é mais permitido.

Respira fundo. Toma um gole de água. Bebe um café preto. Sente tonturas. Enjoo. Repugnância. Não consegue continuar. A dor que agora sente não é compreendida. É inédita, apesar das muitas outras que já teve. O sofrimento não passa. A salvação não é encontrada. Sua alma queima. Está no inferno e tem certeza de que nunca mais conseguirá sair de lá.

Sarah se dá conta de que está escrevendo com a caneta-tinteiro de seu pai. Sempre usou essa caneta em todas as dissimulações filosóficas anteriores. Mas agora é diferente. Não escreve filosofia banal. Escreve aquilo que não pode, não deve e não compreende. Mas de que não tem como fugir. Ela não quer continuar, mas já não pode parar. Precisa escrever todas as suas memórias. Mas consente que, por uma infelicidade, essa escrita não vai libertá-la. Não lhe trará paz, alívio e indulgência alguma. Sabe que sempre repousou com esse sofrimento, mas nesses 59 anos foi capaz de bloqueá-lo. "A dor dorme com as palavras", recorda-se da agonia de um outro: Paul Celan. Padece, mas continua escrevendo. Compulsivamente.

Ela revive a consternação pelo desaparecimento de seu pai. O pavor pela sua morte. O pânico de saber que ele foi exterminado em Auschwitz pelo simples motivo de ser judeu. E por tentar seguir acreditando em Deus, e nas regras impostas (ou criadas) por Ele. Dói-lhe, dói-lhe reviver tudo isso. Tudo que já estava quase esquecido na sua mente... mas que sempre esteve presente em seu corpo.

E ela continua formulando. Ela se recorda daqueles terríveis momentos em que vivia entre duas mães. Duas casas. Duas vidas. Ela sente falta de ar. Falta de chão. Falta de vida. Está imersa em profundo desespero. Ansiedade. Desilusão. Ela está completamente devastada, mas se obriga a continuar invadindo sua alma. "Auschwitz: onde nenhum descanso eterno deverá ou poderá ser concedido." Não há, nem pode haver, descanso algum. Nunca. Jamais. Nem depois da sua morte.

## 5.

"Estou me afastando da minha mãe e me tornando mais próxima dessa outra mulher." Ela finalmente começa a exorcizar a história de suas duas mães. Da mãe natural, que sempre foi amorosa, mas muito dura. Dessa mãe com quem sempre temeu perder o contato. E o amor. Dessa mãe que escondeu todos os seis filhos e que a obrigou a viver na casa de uma outra mulher, Mémé: a mãe adotiva católica. A mãe que a amava muito. A mãe que a amava, mas que não gostava de judeus. A mãe que desejou limpá-la. Desvirtuá--la. Convertê-la. A mãe que mais e mais ia se tornando próxima. Amada. Abominável.

Ela invoca suas memórias. Suas recriações. Seu eterno retorno. No Dia das Mães ela havia comprado presentes para as duas: a da casa na *Rue Labat* e a da casa na *Rue Ordener*. Mas ela sabe, e reconhece, que já tinha uma preferência declarada por uma. A preferência pela mãe mais carinhosa. Pela mãe menos neurótica. Pela mãe genuinamente francesa. Ela revive a transgressão de ter amado mais a mãe que não era a sua.

Ela ganha um concurso de cartas. Quem escrevesse a carta mais bela em homenagem ao Dia das Mães receberia um prêmio. E ela se empenha em conquistar essa glória efêmera. Sabe que tem potencial. E que tem amor e palavras para mostrar seus sentimentos. Sentimentos dúbios. Escreve a mais bela e ridícula carta de amor. Agora o mundo todo pode ouvir que ela ama mais a mãe católica.

"Ela nos salvou, mas não sem deixar as marcas indeléveis dos preconceitos antissemitas. Ela me ensinou que eu tinha um nariz de judeu e me depreciou por possuir essa característica. Ela dizia também: 'A comida judaica é nociva à saúde; os judeus crucificaram nosso Senhor Jesus Cristo; são todos avarentos e amam somente dinheiro; são muito inteligentes e nenhum outro povo jamais teve tantos gênios na música e na filosofia.'" Ela se recorda. Ela se lembra das coisas que teve de assimilar. Do ódio pelo seu povo. Do ódio pelo seu corpo. Do ódio por ela. E ela foi introjetando todos esses preconceitos. E isso lhe feriu a alma, fez adoecer seu corpo e transtornou seus pensamentos e ideias.

Sua mãe verdadeira teve de permanecer escondida. Sempre se submetendo, também, aos cuidados de Mémé. Sempre aceitando o que Mémé impusesse. A vida delas estava nas mãos de uma única pessoa. Um único juiz. Um único árbitro que, ironicamente, tinha simpatia pelos nazistas. E ela, a mãe judia, teve de viver com um medo incomensurável. Teve de aceitar tudo que Mémé fazia com sua filha. Todas as chantagens buscando mais amor, predileção e mais simpatia da doce Sarah. Assim, a filha, ainda muito nova, foi se aproximando mais e mais de Mémé. E se afastando muito, e dolorosamente, da verdadeira mãe... e também da vida.

Ela, a mãe, vive em estado constante de pânico. De ser descoberta. De ser enviada aos campos. "Minha mãe sofria em silêncio: nenhuma notícia de meu pai, nenhuma maneira de visitar meus irmãos e irmãs, nenhum poder de impedir Mémé de me transformar, de me separar dela e do judaísmo. Eu tinha, parece, enterrado todo o passado: comecei a amar bifes sangrentos na manteiga e na salsa; não pensava mais em meu pai e não conseguia mais pronunciar uma única palavra em iídiche, apesar de compreender perfeitamente a língua da minha infância. Eu agora temia o fim da guerra." Hoje a menina-filósofa sabe disso. E lamenta. Lamenta o esquecimento da própria língua. Do amor pela mãe. Do amor pela sua família.

Ela suplica que a dor seja expiada. Sentimentos loucos, antagônicos e desprezíveis emergem. Ela se vê assimilando uma vida que não era sua. Ela se enxerga como uma francesa. Como uma católica. Como alguém que renegou, reprimiu e esqueceu todas suas raízes. Mas tudo sempre se manifestou nas constantes dores e nas feridas de seu corpo. E de sua alma. Agora, ao escrever rogando por compreensão, não consegue suportar o sentimento incomum, insólito e raro que evoca. Ela desmaia. Perde os sentidos. Perde a razão. Mas retorna ao seu heroico e monstruoso trabalho de escrita.

## 6.

E a guerra acaba. O massacre chega ao fim. Mas as dores são indeléveis. O fim desse mundo judaico é perceptível. Sobram apenas algumas ervas daninhas. A cultura, o povo e a vida judaica se exterminam na fumaça de Auschwitz. O que resta? "O que nos resta? O que nos salvará?", ela esbraveja. Apenas a certeza de que nada, nada mesmo, será como se imaginava ser.

E a mãe pôde finalmente recuperar seus filhos e se livrar das asas terríveis da mãe católica. Ela não tem de se esconder mais. "Minha mãe não sentiu nada além de ódio e desprezo pela mulher que tinha salvado nossas vidas. 'Melhor morar num hotel do que continuar a conviver um segundo a mais com ela!'." Elas se mudam. Vivem mal. Vivem em péssimo estado juntos.

O tormento habita o coração da menina. Ela acha que odeia a mãe natural e que ama a mãe católica. "Foi um verdadeiro dilaceramento. De um dia para outro, tive que separar-me daquela que eu amava agora mais do que a minha própria mãe. Tive que dividir a cama desta num miserável quarto de hotel na *Rue des Sales.*" Ela tem vergonha dos seus sentimentos. E se detesta por isso. Mas isso também não é fruto da *Shoá*? Da perseguição? Da degradação? Ela não é culpada de nada, mas não sabe disso. Nem quando escreve. Nem quando se mata.

Mas ela ainda quer sentir o carinho e o amor de Mémé. Ela precisa que Mémé acaricie suas feridas. Mémé, que é responsável pelas suas chagas, também é responsável por saná-las. Ela quer, mas não pode mais ter acesso a Mémé. Sua mãe tenta evitar que ela se encontre com a mãe católica. Ela foi perversa, cruel, maliciosa. Mas a filha não sabe disso. "Eu me recusava a comer e passava meu tempo chorando até que minha mãe consentiu em me deixar visitar Mémé: 'Uma hora por dia', ela decretou. [...] Se eu prolongasse alguns minutos, era recebida a chicotadas." Assim ela ama cada vez mais a mãe católica, porque sente falta. E cada vez mais detesta sua verdadeira mãe. A guerra é ainda mais terrível do que se imagina. Há muito mais mortos que apenas os dez milhões de vítimas exterminadas.

E coisas piores ainda se perpetuam. O antissemitismo continua na França. Eles querem esquecer que foram cúmplices. Que são cúmplices. Que também têm sangue nas mãos. E seguem escondendo o sentimento nazista que ainda conservam, sobretudo através da dissimulada justiça.

Começa uma batalha judicial pela guarda de Sarah. Loucura coletiva. A mãe natural é convocada a depor. A mãe católica quer a guarda da menina. Quer que ela seja sua legítima filha. E a mãe judia vai ao tribunal francês, o mesmo que deliberou a *rafle*. O mesmo tribunal que negociou a entrega dos judeus aos nazistas. O mesmo tribunal que matou o pai. E a mãe tenta se defender, responsabilizando criminalmente Mémé por ter usado a guerra em seu benefício. Acusa Mémé de ter sido desumana e cruel, e de ter seduzido a filha.

A menina não entende nada disso. Só entende o amor. O carinho. O zelo. E a dor física em seu corpo. Ela, a menina, é convocada ao tribunal para também depor. E conta dos maus-tratos da mãe biológica. Conta das surras, das proibições e dos castigos. Canta o ódio pela mãe judia e o amor à mãe católica. Mas ela não tem culpa de ter feito isso, apesar do sofrimento eterno que sentirá. Nem ela nem a mãe têm culpa de nada. A culpa é da maldita guerra. Da maldita *Shoá*. Da maldita humanidade. A mãe biológica batia mesmo nos filhos. Era a forma que encontrava de educá-los nesse mundo pós-Auschwitz.

E o juiz, comovido com a história de maus-tratos, ou praticando o que acreditava ser justiça em um país claramente antissemita, concede a tutela da menina a Mémé. Parece literatura de fantasia. Mas não é. "Nós ganhamos. Eu vou poder ficar com minha menininha", diz Mémé, que agora tem a guarda da pequena Sarah.

A menina não entende muito bem o que acontece. Vive em um mundo de sensações confusas. "Sem compreender o porquê, eu sentia um estranho desconforto: não estava nem triunfante, nem perfeitamente feliz, nem completamente segura." Ela vai com Mémé e se abomina. Ela não sabe mais como conseguirá viver. Será que esses sentimentos foram ressuscitados antes do seu suicídio? Será que, ao escrever, ela reviveu essa escolha? A escolha entre duas vidas terríveis e que não existiam mais? A escolha por uma salvação, sua, ou da humanidade inteira, que não passaria de um sonho impossível? Um sonho perdido, queimado, imolado? Será que ela teve de decidir entre a eterna dor de Auschwitz e o fim sagrado e herético da morte?

Ter escolhido a mãe católica pune sua alma. Seu corpo. Ela vive crises terríveis de memória: "Meu estômago vivia apertado. Estava sempre com medo. Olhava ao redor da rua como se eu tivesse acabado de cometer um crime; como se, mais uma vez, eu fosse 'procurada'." Mas ela não cometeu crime algum, mas não é capaz de se dar conta disso. O crime foi nazista. O crime do olhar pecaminoso do outro. O crime da terrível opressão, certa, e quase eterna, ao seu povo. O desespero que começa a se manifestar, então, não é de sua responsabilidade. E nunca será.

Ela vai com a Mémé, mas passa a ser "procurada". "No quinto andar do prédio na *Rue Labat*, minha mãe estava me esperando, acompanhada por dois homens. Eles me arrancaram violentamente das mãos de Mémé e me carregaram em seus braços até a rua. Minha mãe me batia, gritando em iídiche, 'Eu sou a sua mãe! Eu sou a sua mãe! Estou me lixando para o que o tribunal decretou, você me pertence!'. Eu me debatia, gritava, soluçava. Mas, lá no fundo, estava aliviada." Ela é resgatada. Vive um misto de alegria e agonia. Padece com felicidade. Está de volta aos braços do seu povo e da verdadeira mãe.

Sua mãe finalmente deu um grito pós-guerra. Um grito havia muito preso e estancado. Um grito de raiva. Não, ela não seria mais uma ovelha indo para o matadouro, como muitos estúpidos disseram agirem os judeus. Muitos que não viveram essa maldita e tenebrosa *Shoá*. Eles estão errados. Ela, como muitos, lutou para sobreviver. Lutou contra a dor e a guerra do silêncio. A mãe teve de aceitar uma maldita católica na vida da filha. Uma terrível pessoa tentando limpar o judaísmo da própria família. Uma execrável pessoa que colocou a filha contra a mãe. Uma pessoa nefasta. Vil. Mesquinha. Uma pessoa que salvou sua vida.

Mas agora a mãe rompe o silêncio. Ela age. Ela se impõe. Sequestra a filha e proíbe seu encontro com Mémé. Para sempre.

# 7.

Mas Sarah continua mantendo contato com Mémé. Escreve cartas, faz visitas. Foge por diversas vezes para encontrá-la. Sadismo? Masoquismo? Castigo? Ela invoca essas memórias. Ela revive a dor, com a qual sempre dormiu. E com as próprias palavras.

Ela então cresce. Está na faculdade. Raramente visita Mémé. Consegue se afastar lentamente dela. Ligações esporádicas. Contatos por cartas. Sentimentos confusos. Mas também acaba se afastando emocionalmente de sua mãe. De sua família. De sua vida amorosa.

Tudo é perceptível em seu corpo. Ela tem a saúde frágil. Tem dores constantes em todos os seus membros. Tem dificuldade para andar. Para respirar. Para viver. Não consegue comer. Não se tranquiliza jamais. Só se sente bem ao escrever sobre filosofia. As palavras nunca vão salvá-la.

E ela finalmente termina o livro. Narra os últimos momentos de Mémé. A mãe francesa ficara doente. Debilitada. Próxima da morte. Elas apenas se falavam pelo telefone. E Mémé, no leito de morte, cantava para Sarah. Beethoven. Lembrando dos tempos que viveram juntas. Sarah, agora estudante na Sorbonne, ouve, mas não se comove. E detesta quando Mémé a chama de "coelhinha" ou "queridinha". Ela se lembra de quando era a pequena judia suja. A pequena deicida. A judia gananciosa, nariguda e mais inteligente que todos. Ela assimilou muito bem as crenças com que Mémé a educou.

Mémé morre. Ela não vai ao enterro. Ela não pode. Não consegue. Não quer. Ela a detesta, assim como detesta a vida que teve de viver. O sofrimento que teve de carregar. A culpa que teve de suportar. Seu livro termina com a morte de Mémé. "Eu não pude comparecer ao seu funeral. Mas sei que sobre seu túmulo o padre mencionou que ela havia salvado uma meninazinha judia durante a guerra."

Seu livro termina com essa alusão ao heroísmo de Mémé. Na lápide da francesa está gravado eternamente que ela salvara uma criança judia dos campos de extermínio. Sarah expurga essa última dor em seu livro-testamento. Aquilo lhe corrompe mais ainda a alma. Alma que nunca foi tranquila. Que nunca esteve em paz. Ela se dá conta de que nunca mereceu a vida que lhe foi concedida.

Ela termina o livro, mas só agora começa a compreender que nunca, jamais, criança judia alguma foi verdadeiramente salva. Que Mémé, o nazismo, Vichy são hediondos e repugnantes. Carrascos voluntários e eficientes. Torturadores implacáveis. Agora percebe que foi brutalizada e somente por isso sobreviveu. Será que valeu ter sobrevivido assim? Foram quase 60 anos de infelicidades. Ela precisa encerrar tudo. Finalmente.

Ela clama pelo fim. Vocifera. Não, Mémé nunca a salvou. Mesmo que na lápide esteja escrita eternamente essa profanação, Mémé e os nazistas exterminaram Sarah durante todos os dias que subsistiu. Não, ela não pode deixar que isso seja eternizado. Viveu? A que custo? Ao custo de um martírio tão tenebroso? Ao custo do padecimento de compreender que é culpada por estar viva?

Ela exuma Sartre e considera suas palavras, ações e filosofia inúteis: "Na verdade, se nada faz sentido, dizem eles, tudo é vão; nenhuma ação terá mais valor que outra. Além disso, toda ação, de qualquer valor que seja, parece inútil — apenas o suicídio seria uma imposição." Tudo agora não tem importância nem sentido. Não, ela não quer que Mémé seja glorificada depois da morte. Conforma-se que nunca foi salva por ninguém. Ela precisa se suicidar para provar que não viveu.

## 8.

Sobre o *Rue Ordener, Rue Labat*, Derrida escreveu após o ato final de Kofman: "Este livro clama e defende o corpo; esse cadáver substituído por um *corpus*, um cadáver concedendo lugar a uma coisa livresca. Assim, os doutores têm os olhos voltados apenas para a obra como se, através da leitura, ou por meio da observação dos sinais desenhados na folha de papel, estivessem tentando esquecer, reprimir, negar ou suplicar pela morte — e pela ansiedade antes da morte." Sarah, após a escrita, se transformou num cadáver vivo. A morte havia tomado conta de todos os seus pensamentos. Ela só conseguia enxergar um caminho a seguir.

Assim, os dias se passaram e ela encarava a sua conclusão. Não, nada daquilo tinha sentido. Apenas a morte, agora mais próxima e certa do que nunca, continha alguma razão. "A lição desta *Aula de anatomia*, portanto, não é a de um *memento mori*; não é a de um triunfo da morte, mas a de um triunfo sobre a morte; e isso não é devido à criação de uma ilusão, mas de um objetivo especulativo, cuja função seria, também, uma forma de ocultação." Ilusão. Triunfo. Salvação. A morte lhe parece uma ótima ideia. Talvez sua última e única verdade.

E seria a morte uma possibilidade artística? A arte salva? A arte consterna? Machuca? Ela, ao escrever esse livro, estaria se enveredando pelo campo artístico? Comoção. Confusão. Conflito. Recorda-se de outros escritos: "Erigido para conquistar a morte, a arte, como um 'duplo', como qualquer dupla que se transforma numa imagem da morte. O jogo da arte é o jogo de morte que sempre implica uma morte em vida, como uma força de resguardo e inibição." Arte. Vida. Morte.

Ela quer que seus pesadelos desapareçam. Que tudo se acabe. Que nada mais reste. Apesar de duvidar que mesmo a morte lhe trará paz. Vive uma ansiedade jamais experimentada. Sente que a loucura está tomando conta do seu eu.

Finalmente, decide que hoje à noite vai morrer. "É hoje, não posso falhar." Ela não se despede de nada. De ninguém. Nada lhe fará falta. Não tem apego. Não tem amor. Tudo está perdido no tempo. Ela, após tomar essa decisão, sente as aflições do corpo finalmente adormecendo. A alma se conforta com a possibilidade do fim.

Ela toma um banho. Coloca sua camisola. Pega mais uma vez a sua autobiografia. Lembra de seu pai. Está segurando sua caneta. Reconstrói sua mãe. Rememora Mémé. Mágoa, muita mágoa. Mas ela sente alguma paz. Está prestes a exorcizar tudo. Ela então toma todos os remédios que consegue. Engole com prazer e angústia. Com desprezo e afobação. Quer, quer muito. Precisa, precisa demais. Mas teme, como sempre temeu a vida.

Ela engole os remédios e aguarda. Está louca ou é apenas vítima de toda essa perseguição? Nesses 20 minutos antes de apagar definitivamente, lembra-se mais uma vez das duas mães. Do pai. De Auschwitz. Ela sorri antes de fechar os olhos. Nada disso faz mais sentido. Tudo é uma grande ilusão. Uma grande obra de arte completamente fracassada.

Seu rosto é eternizado com o semblante levemente perturbado, olhos entreabertos e um sorriso indescritível nos lábios.

## 9.

O mundo, os poetas, os escritores, os filósofos e os pensadores se comovem. Derrida escreve sobre essa morte: "[...] eu quero acreditar que ela sorriu até o fim, até o seu último segundo. Como ninguém mais neste século, ouso dizer, ela amava impiedosamente, e implacável foi em direção a eles (Freud e Nietzsche, para não mencionar alguns outros) no exato momento em que, sem misericórdia, dando-lhes tudo que poderia, e tudo o que tinha, ela estava herdando o que eles tinham. O que eles ainda têm para nos dizer, especialmente em relação à arte e aos risos". Sim, ela encontrou Freud, Nietzsche e Caronte no tribunal celestial com um sorriso malicioso estampado no rosto. E lá ela confirmou que Mémé nunca a havia salvado.

Não, não há salvação para Auschwitz. Não, não há nada além da maldade humana. Não, não existe espécie alguma de arte ou vida entre nós. "Todos somos demasiadamente humanos e cruéis. Por isso eu escolho meu fim", ela teria esbravejado diante do espelho, já sob efeito dos remédios.

    Era aniversário de Nietzsche quando se privou para sempre de sua angústia. E ela se matou sem se dar conta disso.

# Renascimento da loucura judaica

Durante a Idade Média, acreditava-se em inúmeros absurdos em relação aos judeus. Eram leprosos e deviam viver afastados da sociedade; envenenavam os poços de água dos gentios, infectando a população com suas doenças e loucuras; eram bruxos e feiticeiros malévolos. E, por serem tão íntimos dessas moléstias e demências, seriam os únicos que conheceriam, e esconderiam, a magia da cura de todas as enfermidades. Ideias muito primitivas que seriam desprezadas com a chegada do Renascimento.

Tem início um período supostamente mais esclarecido. Com novas possibilidades. Novas teorias. Novos olhares acerca do povo judeu. Agora, buscando uma explicação mais científica e sofisticada para o preconceito e para a insanidade judaica, mostravam que as práticas culturais e de higiene conduziriam esse povo "sujo" e "tarado" à extrema loucura. Em 1793, La Fontaine, por exemplo, sugeriu que a maior frequência de doenças mentais era encontrada nesse povo. Havia, ainda, uma explicação estapafúrdia para essa prevalência de doenças mentais: "Além de se masturbar exageradamente, os judeus se casavam muito novos, com 13, 14, 15 anos, tornando os corpos e mentes fracos no decorrer do tempo, já que o fluido necessário para a vida — *Lebenslauf* — era desperdiçado desde cedo. Um judeu, em torno dos seus 40 anos, parece muito mais velho, acabado e louco que um camponês ou um cidadão comum em torno dos seus 60 ou 70 anos." Segundo essa crença, seria necessário conservar o sêmen para ter uma vida próspera, sã e longa, coisa que os judeus não eram capazes de realizar. Eles eram os principais praticantes do chamado "pecado hediondo da autopolução".

Durante a década de 1880, a antropologia resolve sustentar, também, a crença de que havia mais doentes mentais na população judaica do que no resto da população. M. Blanchard escreveu que a "histeria e a neurastenia eram mais comuns na raça judaica que nas outras raças". Jean Martin Charcot descreveu o judeu como "um caso de dispneia histérica". Essas ideias perversas e discriminatórias se tornaram rotineiras na comunidade psiquiátrica da época: "Estatísticas têm sido coletadas e provam que a porcentagem de insanidade nas seitas religiosas é maior, e especialmente maior entre os judeus. Isso se dá pela consanguinidade e pelo incesto. Não é o caso, portanto, de moral, mas sim de uma questão antropológica."

Segundo alguns pesquisadores, os judeus eram pessoas extremamente sexualizadas e depravadas, realizando constantemente práticas pecaminosas e supostamente insolentes em relação ao sexo. Esse povo era considerado especialista em *cunnilingus*, prática condenada e tida como abjeta na época. Tachado de pervertido, o judeu afrontava o olhar do outro: "Muito frequentemente a excessiva propensão religiosa é em si um sintoma de um caráter anormal ou de realmente uma doença e, não raro, está escondido sob um véu de ardor da sensualidade e da excitação sexual que leva a erros sexuais de alta significância etiológica." Assim, o comportamento inato dessa "raça" desencadeava processos graves de doenças mentais, e a população em geral devia se proteger e se resguardar do convívio com esse mal.

Avanço, modernidade e renovação: novas possibilidades e sonhos do Renascimento, porém ainda calcados em antigas e preconceituosas ideias.

# Woody Allen através de um espelho sombrio

1.

Em 1991, ela encontra fotos sensuais, levemente pornográficas e insinuantes, da sua filha adotiva. O mundo desaba. Ela perde o chão. Imagina estar numa cena de cinema, em que tudo é falso e real simultaneamente. Sim, deve haver alguma câmera escondida filmando. Precisa existir algum diretor conduzindo essa trama de horror. Só pode ser uma figuração, Photoshop ou uma brincadeira de mau gosto de alguém. Uma montagem. Uma falácia. Uma fraude. Mas, infelizmente, não é. Um golpe da vida ludibriando a invenção da arte.

    Mia Farrow, a esposa, o ama. Admiração e desejo imensos. Ou pelo menos acredita que o que sentia por ele, até esse pavoroso instante, tenha sido amor. Mas ela não sabe muito bem o que são esses sentimentos. Ou sabe, mas prefere esconder. Ela teve uma vida complicada. Conturbada. Conflituosa. É cheia de cicatrizes ainda abertas. Hoje fantasia que o amor seja exclusivamente uma forma de altruísmo, embora também desconfie dessa sensação. Para continuar caminhando, teve que inventar uma forma peculiar de viver. Fabulou que vivia em uma família feliz. Com diversas culturas, religiões, crenças e etnias diferentes e engrandecedoras. Considerava-se afortunada até o instante em que segura essas fotos deploráveis encontradas nas coisas de seu marido.

Ela nunca foi feliz, mas nunca teve tempo para pensar nisso. Teve sempre que atuar, no cinema, para os jornais, na própria casa. Fez o papel de uma grande humanista, com um coração enorme capaz de agregar muitos filhos. Agora ela sente toda essa invenção desabar.

Eles estão juntos há doze anos. São doze anos de muitas trocas. Cuidados. Encantos. Desencontros. Ela nunca imaginou que alguém poderia novamente se interessar pelo seu brilho, um tanto apagado. Sim, ela é bonita, inteligente, atraente, mas tem um monte de filhos e muitas histórias dolorosas nos ombros. Quem toparia um romance? Um casamento? Uma vida a dois? Uma vida a "muitos"? Por isso ela o amou. Ela admirava sua afobação, sua urgência, sua loucura.

Ela já havia sido casada por duas vezes. Ainda jovem, muito jovem, antes de completar 19 anos, e ainda um tanto virginal, viu-se comprometida com a grande personalidade da época. A voz negra na pessoa branca. Ou o marketing perfeito produzido por uma cultura extremamente preconceituosa. Frank Sinatra. Ela recobra os sentimentos de quando ainda era muito jovem. Uma menina bastante ingênua enfeitiçada pelos lindos olhos azuis do grande mito. Cativada pelo assédio de um conquistador profissional. Enamorada pela performance que tocava sua alma pueril. Porém, no calor da noite, no calor dos corpos, nunca houve o encontro que o cinema e os sonhos idealizavam. Eles nunca souberam atuar juntos na ardência da cama. E foi por isso, pela desarmonia dolorosa dos desencontros, que ela se separou, já com dois filhos, de Sinatra. Ousou partir em busca de uma música que seu corpo pudesse dançar.

Outra canção foi tocada durante seu segundo casamento. Um grande pianista surgiu para abalar e encantar sua vida. Um talentoso produtor de emoções do cinema. As memórias do mundo não seriam as mesmas se não fossem embaladas pelas melodias. E ele é um dos maiores compositores de todos os tempos. Todos são seduzidos pela magia de suas criações. Ela, claro, também se embevece. E muito. E eles, se iludindo um ao outro, decidem tentar uma vida a dois.

E perpetuam essa doce ilusão concebendo filhos gêmeos. Alegria? Júbilo? Gozo? Não. Eles também não são felizes. Os compromissos da vida, e dos corpos, os afastam. As pequenas verdades. Muitas viagens na vida dos dois. Também muito assédio. Inúmeros eventos disfarçando o amor que já não sentem mais. Os olhos começam a brilhar pela possibilidade de um outro, que ainda desconhecem, mas que sempre cortejam. Ela sugere ou imagina uma traição do marido. Não pode suportar. Desatino. Eles então se separam. Ela se encontra novamente na contingência dos futuros e improváveis encontros.

E foi aí, nesse momento, que o grande cineasta a convida para sair. Sua alma o abraça. Ele, com todas as suas manias e vícios, também resolve embarcar nessa grande aventura. Nessa fantasiosa epopeia. Nesse fascinante roteiro. O sorriso volta repentinamente aos seus olhares. O arrebatamento volta aos seus corpos. A emoção toma conta dos seus novos sonhos.

Doze anos mais tarde, lágrimas de desespero, de loucura e de pavor preenchem sua essência. Ela já não suporta mais o tanto que sente naquele momento. É um estarrecimento, um horror, um temor completo da própria existência. Um inteiro desnorteio do real, do simbólico, do imaginário. Ela segura e execra as fotos abjetas e pornográficas da filha adotiva tiradas pelo próprio marido.

## 2.

Ela também o ama. São doze anos de admiração, encanto e estranhamento. Ele é casado com sua mãe adotiva. Ele foi — ela tem consciência — um dos responsáveis pela sua criação. Pela sua constituição como mulher. Por lhe apresentar o vale de lágrimas, de medos, de crenças e de desejos irrealizáveis que é a vida. Essa vida que neste momento ela quer muito e desesperadamente viver ao seu lado. Agora de uma forma exclusiva e excepcional.

Soon-Yi Previn sabe que disputa um amor. E que esse amor a deseja também. Concebe, ou imagina, que em breve sua mãe deixará de exercer seu papel. Ela terá que matá-la. Terá que destituí-la de seu posto materno. Terá que reinventar seu próprio mito. Será isso possível? Será isso permitido? Será que eles vão conseguir se afastar do olhar do outro ou será que é por esse olhar que estão justamente cometendo esse delito bíblico? A verdade é que ela sempre viverá com essa dúvida.

Adotada pelo ex-marido da mãe, o famoso pianista, nunca o admirou, embora talvez tivesse visto nele a figura de pai. Estranho? Plausível? Concebível? Vai saber. Ele viajava constantemente. E, afinal, preferia os filhos gêmeos que teve. Ela sempre se compadeceu pela predileção da consanguinidade. Sofreu muito com isso. Ele, o pianista, aos poucos foi desaparecendo da própria criação. Acabou sendo substituído por outro modelo, agora bem mais presente, encantador e obsceno. Mas isso tudo é uma grande confusão na sua mente.

Ela admira enormemente o marido atual de sua mãe. O famigerado astro. O judeu neurótico, risível e atormentado. O único que enxerga a alma humana: dilacerada, ridícula e maliciosa. Ela o reinventa repetidamente, modelando-o em seus mais secretos sonhos.

Soon-Yi já não sabe mais como vê-lo. Pai? Padrasto? Herói? Homem? Ela não se lembra mais do pai biológico. Nem se recorda mais se o conheceu na Coreia. Não há figura paterna alguma em seu universo simbólico. Tampouco tem relação afetiva com aquele que lhe dá o seu sobrenome. Previn. Coreana-americana, carrega uma cultura judaica totalmente estrangeira.

Agora, perturbada, perdida, pervertida, ela olha para esse novo homem que caminha ao lado de sua mãe adotiva. Esse, que ainda não é seu, mas que ela passa a desejar acima de tudo. Ela já não consegue mais se separar do seu Édipo inventado. Sente palpitações de angústia, de desejo e de pavor reiteradamente. Excita-se ao vê-lo, e reflete sobre a possibilidade de um pecado: "Será que é preciso interditar esse amor? Essa vontade? Esse demônio? Essa única possibilidade de ser feliz? Não! Mil vezes não." Ela passa a olhá-lo diferente, agora não mais tão proibido, segundo sua convicção. Segundo sua fé. Segundo suas invenções.

Qual seria, portanto, o verdadeiro amor que ela agora fabula? Saberia ela o que é o amor? Seria amor ou culpa o que ela deveras sente por essa mulher que a salvou da pobreza de seus seis primeiros anos de vida na Coreia? Será amor o que ela sente pelos seus irmãos? Ou será que amor é a própria competição que enfrenta neste instante? Ela decide, então, com toda a maturidade de seus 19 anos, mergulhar no próprio devaneio. Ela toma o pai para si. Não se recorda, em vigília, de nenhuma vez que tenha se arrependido dessa decisão.

Eles se envolvem. Ela permite que seu corpo seja deflorado por ele. Só por ele. Só para ele. E eles se permitem muito mais. Libertação. Profanação. Transgressão. Ela posa nua uma vez. Várias vezes. Todas as vezes. Cinema. Vida. Arte. Devassidão. Pornografia. Ela se entrega sem pudores. Nunca foi chupada com tanta volúpia. Nunca sentiu esse gozo mitológico. Esse ato de derrotar sua mãe lhe causa ainda mais prazer.

## 3.

Ele a ama. Ele ama a atriz e a mulher. Ele também ama os filhos, e os filhos adotivos dela. Considera alguns carinhosamente como seus. Ele também ama todas as mulheres! É conhecido como o diretor das mulheres, porque supostamente entenderia angústias, anseios, medos. E seria capaz de despertar nelas genialidade, engenhosidade e excelência nas suas interpretações. Ele acima de tudo ama a invenção da vida e da obra de arte.

Ele admira a arte da esposa. Mais de uma década de belas atuações, incríveis encontros e maravilhosas trocas. Eles fizeram muito sucesso juntos. Brilharam nas telas da sétima arte em todos os cantos do mundo. Foram cultuados, idolatrados, invejados. Prêmios. Distinções. Reconhecimento. Mas, na intimidade do casal, foram somente medíocres.

Ele compreende que o desejo em relação a ela terminou. A labuta diária para suprir a carência dos dois torna-se um esforço inútil. Ele já não a quer, não pode e não consegue, mas precisa viver novamente um amor. É viciado nessa droga. E assim seus olhos começam a se encantar por uma menina. Que parecia muito distante. Cinematográfica. Mágica. Um grande tabu, e por isso tão fascinante. Ele reflete muito sobre essa questão. Sobre essa interdição. Sonha, mas sempre tem muitos pesadelos e não imagina o que pode acontecer. Tem somente certeza de que não ama mais a mulher que está a seu lado. E que deseja, deseja loucamente o proibido. Mas seria esse objeto de cobiça inalcançável aos olhos de quem?

Woody não é casado oficialmente com Mia. Também não foi ele quem adotou essa ninfeta. Não mora com a esposa, nem nunca coabitaram. Cada um vive na sua casa, apesar das visitas frequentes. Ele, então, passa a não ver problema algum em sentir esse arrebatamento, cada vez maior e mais carnal, por essa menina. Ele se convence da virtude superior do amor. Admira os atrativos e a magia dos pequenos olhos melancólicos, sombrios e profundos dessa menina-mulher. Anseia pela boca pudica, despretensiosa e humilde da sua reinvenção de *Lolita*. Apaixona-se por esse singelo sorriso repleto de histórias. "Sim, eu quero. Sim, eu posso. Sim, sim, sim."

E vivendo esse devaneio deslumbrante de sentimentos, e de muito tesão, entrega-se inteiramente à fruição. Ele se deixa seduzir. Ele se permite transcender a culpa e desafiar os deuses.

Mas será que ele corrompeu a menina usando essa posição de autoridade? Será que ele a convenceu a amá-lo como homem? Será que ele cometeu o suposto e histórico delito do incesto? Não sabem. Sabem apenas que o carinho foi lentamente se transformando em carícias. Íntimas. Que os sorrisos passaram a ser maliciosos. Que o afeto se metamorfoseou em tesão. Desconhecem se a culpa ou a bênção dessa união foi por conta do vinho, da música ou do filme de Bergman de que tanto gostavam. E eles se entregam ao desconhecido. Interditos, se amam. Despidos, aguardam pela condenação do pecado de amar.

## 4.

Ele trata recorrentemente do tema da culpa em seus filmes. Crime e castigo. Seria essa culpa atribuída às próprias decisões tomadas? Ou carregaria essa culpa em virtude da sua etnia? Da sua cultura? Da sua família? E essa culpa não seria a transgressão contínua imposta pela contemporaneidade? Deicídio? Parricídio? Incesto? Judaísmo? Ele não sabe de nada, mas desconfia e ironiza tudo.

E tudo transparece pela lente das câmeras. "Que culpa tenho se cresci em uma família que demonstrava amor? As pessoas têm atribuído isso a uma questão étnica. Pode ser que sim, como pode ser que não. Eu não sei. Nunca dirigi algo que não tenha experimentado na minha própria casa." Ele conseguirá demonstrar todo esse amor que carrega consigo? Todo esse carinho? Esse respeito? Esse apreço? E o que será que ele sempre insinua? Que ele esconde? Que ele revela?

Sua declaração é polêmica? Perturbadora? Constrangedora? Inocente? Nada é inteiramente inócuo, ainda mais aos olhos públicos. Há algo de muito arraigado culturalmente nos valores que perpetua, mesmo sem perceber. Será que ele abusou do volume e da quantidade de amor que recebeu ou tudo isso teria abusado dele? Ele reflete constantemente sobre a prisão do amor em suas invenções filmadas. Recorda-se de uma outra judia, também trancafiada como ele: "Em que momento é que a mãe, apertando uma criança, dava-lhe esta prisão de amor que se abateria para sempre sobre o futuro do homem?"

Sim, ele é culto. Inteligente. Profundo. Irônico. Ele conhece Foucault, Freud, Lacan e todas as besteiras teóricas acerca da sexualidade e da depravação. Mas *what the fuck* ele tem com isso. Ele sabe da "implantação da aliança", da "implantação da sexualidade" e da presença onisciente de sua mãe, sempre retratada em seus filmes. Mas ele nunca participou de aliança consanguínea nenhuma. Até então nunca tinha encarado uma relação supostamente incestuosa, mesmo sabendo que herdava a culpa por isso.

Ele apenas desfrutou da sua sexualidade, até de forma ingênua. E agora quer se permitir viver o prazer da perversão. Da imaginação. Do delito. Não mais no cinema, mas na própria vida.

Ele também nunca foi judeu. Nunca se sentiu como tal. Sente-se, como todos os membros desse povo escolhido para vagar constantemente, um estrangeiro. Sim, ele assimila a errância, a insatisfação e o estranhamento característicos do povo a que pertence. Não pode lutar contra isso. Recalca. Recorda-se da infância: "A sinagoga não me emocionava. Não me interessava nem pelo tradicional jantar de Páscoa, o *Sêder*, nem pela escola hebraica, nem pelo fato de ser judeu. Não significava nada para mim. Não me dava nem vergonha nem orgulho. Não me importava. Simplesmente não fazia parte dos meus interesses." E é justamente por isso que todos os seus filmes retratam essa falta de interesse. Que toda a sua vida não passa de uma recriação de mitos e culpas atribuídos ao seu povo. E por isso ele se tornou o que é: gênio, excêntrico, compulsivo. O fato de recusar, negar e blasfemar reafirmou suas raízes fortes e seu maior pecado.

Ele se refugia na sua arte. Na literatura, música e cinema. Vive seu "exercício da liberdade. Um movimento pelo qual, a cada instante, o homem se liberta da história". Sim, tem certeza dessa licença poética. Purificação e expurgação dos próprios delitos. Dos próprios desejos. Através da arte ele acredita que estará sempre isento de culpa. Sobretudo da que sente pela filha da esposa.

Mas, claro, ele tem dúvidas em relação a tudo. Recorda-se de um personagem de Philip Roth: "Criar significa ordenar, classificar e escolher palavras e o ritmo adequados à obra. O material é de fato um material da nossa vida, mas em última análise a criação é uma criatura independente." Qual é a criatura independente que ele, naquele momento em que fotografava a enteada nua, criou? Ou reproduziu? Repousa aí sua infração? Vida e obra se misturando e se transformando num grande amálgama que não sabe mais como e por que se formou? Ele adultera tudo através da lente ilusória dos próprios olhos. E já não sabe o que ambiciona mais: invenção ou realidade.

Constantemente revive os fantasmas de todos os seus antepassados. Ele é o comediante que sempre interpretou e ridicularizou o próprio personagem. Um artista e pensador auto-odiado, como Heinrich Heine e Otto Weininger. Ele é o louco, e também o bobo judeu caricaturado pelo Bashevis Singer. "Sou amaldiçoado pela sombra do palhaço. E tenho de encará-la sempre de uma maneira cômica. Eu gostaria de ter nascido um grande e talentoso escritor de tragédias. Mas não nasci." Teria então decidido viver como um verdadeiro herói grego? Viver uma tragédia que nunca pôde roteirizar? Depravar a realidade que sempre almejou codificar? Essas são suas dores. E essas são também suas glórias.

## 5.

Agora Mia o detesta. Ele é um monstro. Um pedófilo. Um demônio. Um velho. Um judeu asqueroso. Ela não pode nem mais ouvir falar dele. E não pode conceber que seus filhos, mesmo os adotivos, não o odeiem. Tudo volta à sua mente. Tudo. Ele é a terrível personificação do mal.

Ela vive uma epifania. Sempre esteve próxima da loucura. Ela se recorda do encontro, e do encanto, com o verdadeiro artista louco. Para tentar fugir da dor que agora perpassa seu corpo, revive um momento hilariante que passou no elevador ao encontrar Salvador Dalí, "Eu sou Dalí! Eu sou completamente louco!". Ela se lembra de ter sorrido e de ele ter se explicado: "Quanto mais e mais dinheiro jogo pela janela, mais e mais o dinheiro insiste em voltar para mim." Ela se dá conta de que a vida é uma imensa fantasia de lunáticos.

Ressurgem os pensamentos e os temores dos seus 19 anos. A mesma idade da filha que aparece sem roupa nas fotos que tem em mãos. Ela se lembra de que seu pai tinha acabado de morrer, que estava deprimida. Triste. Desolada. E teve que procurar alguém para preencher esse espaço. Finalmente compreende seus sentimentos mais antigos. E os aceita. Os acolhe. Admite para si que foi seduzida por Sinatra. Pensa em perdoar a filha. Revive a dor, mas a sublima através do reconhecimento da própria fragilidade quando jovem.

Ela retorna à realidade e tudo continua lhe parecendo inconcebível. Será que sua filha estaria repetindo a eterna circularidade da vida? Será que elas duas estavam buscando desesperadamente, aos 19 anos, a figura paterna? Forte? Coercitiva? Um afeto inventado? Uma paixão ilusória? Mas ela não sabe. E não tem como saber. Naquele instante quer matar a filha.

Ela vislumbra novamente seu marido como uma figura perversa, pedófila e inteiramente perniciosa. O sangue e a loucura inebriam sua razão, completamente. Deseja sacrificá-lo. Deseja impor-lhe a consternação que agora perfura seu corpo. Deseja golpeá-lo com a mesma fúria que agora corrói seu ventre. Ela, em cólera, decide furar os olhos dos amantes.

A razão retorna por alguns instantes. Ele sempre foi correto com ela. Deu-lhe suporte, papéis no cinema, notoriedade. Também cuidou de todos da família. Com certo carinho e respeito. Seria isso uma boa justificativa para não matá-lo? Ou seria esse o motivo para um legítimo homicídio? Seria tudo isso uma realidade hostil ou estariam apenas vivendo a ilusão de um filme? Devaneio ou danação? Estaria ela revivendo a maldição do seu primeiro filme ou estaria louca como Dalí?

Ela revisita, por uma fração pequena e suficiente de segundo, o seu papel em *O bebê de Rosemary*. Ela acredita, então, que viveu por doze anos com o mesmo demônio que uma vez carregou em seu ventre durante a gravação do filme de Polanski. E ela se recorda da biografia do próprio Polanski. Do processo, e da condenação, por abuso sexual. Ela solta uma gargalhada louca. Surta, e deixa as fotos caírem no chão. Repetição. Maldição. Todos os momentos sendo revividos instantaneamente naquela epifania ao ver o contorno nu da filha. Ela sente tudo que já falseou como atriz. Dramas. Loucuras. Paixões.

Agora tudo ainda é mais complexo que a própria ficção. Mais conflituoso e criminoso. Ela se lembra dessa filha coreana, então com 6 anos, quando foi adotada. Ela era tão linda. Tão afetuosa. Tão carinhosa... "Como ela ousa trepar com meu marido? *Bitch, fucking bitch.*" Ela chora, abaixa o olhar: "Por que logo comigo?".

## 6.

Minutos antes de fotografá-la pela primeira vez nua, ele evoca seu passado. O cinema sempre se misturou com sua própria vida. E sempre foi a sua razão de viver. A verdade é que ele nunca soube se era, ou se é, um personagem, uma pessoa ou uma cena. Realidade e ficção se entrelaçaram sempre em sua mente. Ele a despe excitado, registra para sempre sua beleza, e a fode como um deus grego. Ele se sente mais vivo e mais artista do que nunca.

Ele se lembra nostalgicamente da pureza das tardes de sua infância. Do amor pela vida que acontecia do outro lado da tela. Da beleza através do espelho que um dia representaria nas belíssimas cenas de *A rosa púrpura do Cairo*. "Lembro-me de muitas vezes, aos sábados de manhã, ser a primeira pessoa na fila. Chegava lá às onze horas e o cinema abria ao meio-dia. As luzes do cinema se acendiam e era maravilhoso estar lá porque naquele tempo ele era muito bonito. Havia sempre uma inspetora de cabelos brancos, com um uniforme branco e uma lanterna, que tomava conta da sessão das crianças. Quatro horas depois você sentia um tapinha no ombro e ela o pegava. E você dizia: 'Não quero ir. Não quero ir!'" Ele nunca quis largar aquele mundo mágico. Nunca quis sentir a barbaridade do olhar do outro em relação ao seu amor pela enteada. Ele sente saudades daqueles momentos perdidos no tempo.

Recorda-se do grande gênio. Daquele que mais encantou seu olhar. Daquele que tanto admirou e tentou copiar inutilmente. O esplêndido Bergman. Que fascinação! Que mágica! Que deslumbramento! Mas rememora, ironicamente, um filme específico do mestre. E seu sorriso se esvai. Vida imitando a sua arte? Arte falseando a sua vida? Estaria ele, por fim, saindo da tela do seu *Cairo* e vivendo a magia factível da sétima arte?

O filme *Através de um espelho sombrio*, de Bergman, insinua o incesto dos irmãos. O diretor sueco também brinca com a beleza da loucura e com a perversão do encanto. Woody sabe várias frases do filme de cor. *By heart*: "Eu sou um artista, princesa. Um artista dos mais puros. Um poeta sem poemas. Um pintor sem quadros. Um músico sem notas musicais. Eu desprezo a arte pré-fabricada. Um resultado banal de um esforço vulgar. Minha vida é meu trabalho. Eu a dedico a você, junto ao meu amor, por você." Ele se dedica à sua obra. E isso inclui seu novo romance. Ele é aquele que vive de fato o poema e não precisa escrevê-lo. Aquele que toca a música das almas mesmo sem ter que interpretar. Que não aceita a regência proibitiva de ninguém. O mais ilustre personagem do próprio espelho sombrio: "Pois o que é a vida para um legítimo artista? Então aperfeiçoe sua obra de arte e coroe seu amor. Enobreça sua vida e mostre aos céticos o que só um autêntico artista pode fazer." Ele, impávido, estufa o peito orgulhoso: "Sou eu, sim! Eu sou o verdadeiro e único artista!"

O espelho sombrio também projeta, e multiplica, a loucura. Essa loucura diante da incrível beleza. "Estou diante da maior perfeição, da minha maior obra." Seria essa perfeição esquizofrenia ou incesto? Ele então resgata a sensualidade e o tesão que sentiu pela protagonista do filme de Bergman. "Karin. Karin. Karin." Ela, que também era casada e que não sentia mais desejo pelo marido. Que só sentia vontade carnal pela invenção das pessoas que habitavam sua mente. E que sentia um desejo louco por alguém do seu próprio sangue. Da sua própria família. Do seu próprio legado.

Ele, Woody, também não tinha mais tesão pela esposa. E não se aguentava de volúpia pela enteada. Ele se masturbava compulsivamente pensando nos prazeres proibidos, velados e secretos que sentia pela menina. "Não era minha intenção. Apenas aconteceu." O que de fato sucedeu? "É terrível ver sua desordem e não entendê-la", reflete o cineasta, enquanto vestia sua roupa após ter se transformado em um verdadeiro deus.

# 7.

"Quando me dei conta da minha mortalidade, não gostei dessa ideia. O que isso quer dizer? Que tudo tem seu fim? Que tudo vai acabar um dia? Sim. Tudo termina. Você desaparece. Para sempre." Será que foi nesse momento que ele buscou, então, fazer algo épico? Algo trágico? Tornar-se um Criador?

Ele faz filmes. Muitos filmes. Tem muito sucesso. Boas críticas. Óscares. Ele busca pelas razões iniciais, pelos motivos primeiros, pela metafísica do riso. Ele ridiculariza a efemeridade da vida e do ser humano. Ele surge como personagem de si mesmo.

Alguns filmes retratam o drama, e a alegria, do que acontece em sua vida. Ele se torna seu *Zelig*. Alguém que tenta constantemente ser outro personagem. Alguém que tenta sempre assimilar as características do outro. Daquele que o confronta. Realidade e ficção misturadas, perdidas, desperdiçadas. Seria esse O filme judaico? O filme que mostraria definitivamente essa tentativa inútil de assimilação do judeu? O filme que apresentaria, finalmente, a grande confusão entre realidade, história, memória e ficção? Seria essa a verdadeira sina judaica? Assim ele, ator e diretor, torna-se também um camaleão humano. Um conformista. Um ator vivo inebriando a sua própria loucura.

Ele se recorda de *A rosa púrpura do Cairo* mais uma vez, e de seu gosto pela marginalidade. "Eu pretendia colocar as pessoas optando entre o real e a fantasia. É muito mais agradável escolher a fantasia, mas aí repousa a loucura. Você, então, é obrigado a escolher a realidade, mas ela sempre decepciona, sempre magoa." E, lá no fundo, ele espera que sua realidade com a menina-mulher não os magoe.

Assim, ele escolhe a terceira margem. Sua vida com Soon-Yi está à margem. À margem do cinema, da mentira, da fantasia, do incesto. De tudo, e de si próprio. "Você está do lado errado. Você está do lado errado", dizem os personagens ao ator que resolve sair da tela e encontrar a moça por quem se apaixona. Essa cena é, ironicamente, representada pela mãe adotiva de Soon-Yi, que se encontrava do outro lado da tela. No lugar onde ele ainda insiste habitar. Entrelugar, longe da existência que o insulta. Espaço, escuro e mágico, onde ele e ela se cortejaram por diversas vezes. Onde ele, ainda criança, fugia constantemente da realidade.

Mas a neurose toma conta do seu ser. Ele vive o delito do amor, do corpo, mas teme por um instante a condenação e a execração pública. Ele se lembra dos seus filmes. Da ironia. Das muitas falas e das insinuações que podem comprometer esse romance que agora assume. São tantas falas, tantas brincadeiras, tanto escárnio, e tudo isso se volta contra o real. Ele vai lembrando de todos os seus scripts, neuroticamente, e se apavora. Chega até a se espantar com os próprios filmes anos depois. Com a própria comédia. Com a tragédia que ele recriou.

Repassa as cenas de *Hannah e suas irmãs*: "MICKEY: Por que, de repente, esse desenho é visto como sujo? ED: O abuso sexual infantil é um assunto tocante, assim como os temas relacionados... MICKEY: Leia os jornais, metade do país está fazendo isso!". Todos estariam, de fato, encenando e recriando as fábulas? Ele sugere, aqui, um retorno à pré-sexualidade grega? Ele já havia cogitado molestar alguma menina, ou estaria apenas brincando? (Ele se lembra do chiste e do inconsciente freudiano e se perturba ainda mais.)

Ele estaria reinterpretando seu grande filme *Manhattan*? "YALE: Jesus, ela é linda. ISAAC: Mas ela tem 17 anos. Tenho 42 e ela tem apenas 17. Eu sou mais velho do que o seu pai. Você acredita nisso? Estou namorando uma garota e posso ser seu pai. Essa é a primeira vez que algo assim acontece em minha vida. EMILY: Ele está bêbado. YALE: Você está bêbado. Você sabe que nunca deve beber. ISAAC: Eu já te disse que minha ex-mulher... EMILY: Quem, Tina? ISAAC: ... minha *segunda* ex-mulher está escrevendo um livro sobre nosso casamento e sobre nossa separação... É realmente deprimente. Você sabe que ela vai contar todos os detalhes, todas as minhas pequenas peculiaridades, idiossincrasias e minhas manias. Não que eu tenha algo a esconder, você sabe... mas há alguns pequenos momentos nojentos que lamento." Ele quis viver o papel de um velho que se apaixona por uma *Lolita*? Ele é pai e também um amante da filha? Quais são os momentos sujos de que ele se arrepende? Seria tudo isso apenas sarcasmo, devassidão e ficção? Ele teme por si.

Revive também algumas falas de outro filme seu: *Memórias*. "SANDY: Eu não me sinto atraído por ela. DORRIE: O que você está falando? Você estava olhando para ela durante todo o jantar. Estavam trocando olhares. SANDY: Pare com isso. Ela tem 14 anos. Na verdade ela não tem nem 14 anos. Ela tem 13 anos e meio. DORRIE: Eu não me importo. Eu mesma costumava brincar com meu pai. Eu já passei por tudo isso. SANDY: Que tipo de brincadeira? Você está sugerindo que eu estou flertando com sua priminha? DORRIE: Você sorriu para ela. SANDY: Sim, eu sorri para ela. Eu sou uma pessoa amigável. O que você quer? Ela é uma criança. Isso é estúpido. Chega dessa conversa. DORRIE: Não me diga que isso é estúpido. Eu costumava brincar disso com meu pai sentado do outro lado da mesa. Todas aquelas piadinhas. Eu sei." Ele encenou e agora vive Nabokov e Alice. Essa menina que ele menciona no filme tem apenas 13 anos. Mas ela teria um corpo de mulher ou um corpo de *Lolita*? Teria Soon-Yi corpo de ninfeta, criança ou mulher? Por isso ele a fotografou: para eternizar sua juventude.

Ele repassa a peça *Honeymoon Motel*: "FAY: Eu era uma garotinha. E tinha um tio Shlomo... NINA: Oh, mãe! FAY: Três dedos, ele tentou me molestar. De repente, com três dedos eu senti suas carícias. JUDY: O que é que esses três dedos têm a ver com isso? FAY: É difícil de explicar, mas a maioria das pessoas foi apalpada com cinco. SAM (para FAY): Pelo menos você foi molestada. Eu não tive relações sexuais até os 25. Você foi minha primeira." Shlomo era um tio judeu e molestador? Estaria ele aqui recriando e incorporando o mito perverso do judeu? Do inútil povo do livro?

Ele já está exaurido. Não imaginava nunca que havia tratado com tanta ironia e perversão desse tema, que agora vive realmente. Ainda falta um: *Crimes e pecados*. "JUDAH: As pessoas carregam atos terríveis com elas. O que você espera que ele faça, que ele se entregue? Esta é a realidade. Na realidade, nós racionalizamos. Negamos ou não podemos continuar vivendo. CLIFF: Olha o que eu faria. Eu entregaria o pedófilo. Assim você não veria a história assumindo proporções trágicas. Porque, na ausência de um Deus ou algo assim, ele é forçado a assumir toda a responsabilidade sozinho. E isso é a própria tragédia. JUDAH: Mas isso é ficção. Isso é cinema. Quero dizer, você já viu isso em muitos filmes. Agora eu estou falando sobre a realidade. Se você quer um final feliz, você deve assistir a um filme de Hollywood." Então o fim que ele propõe, com seu romance, não seria um final feliz? Seria possível haver um verdadeiro encontro entre ele e Soon-Yi? Seria tudo somente ficção? Ele não quer pensar mais em seus filmes. Ele só quer aproveitar o momento que vive. E que o faz feliz. Ele assume seu romance e aguarda pela tão sonhada felicidade. *Carpe diem*.

## 8.

Ela, a filha, agora esposa, sente saudades da mãe. Dos irmãos. Da infância. Sente saudades da jovialidade, da inocência, do lúdico. Sente saudades, principalmente, do sentimento de interdição. Teve que abrir mão de muita coisa para viver esse grande amor. Teve que aprender a enfrentar o olhar furioso da mídia e o ódio eterno daquela que a adotou. Durante anos escreveu cartas implorando perdão, mas a verdade é que ela mesma nunca se perdoou. Ao lado dele, dessa figura paterna e desse amante proibido, conheceu o mundo. Muito mais que sonhou. Mas viu também uma obra quase inédita se transformar lentamente em algo ordinário. Lamenta que a vida seja assim. Ela ainda deseja conquistar outras coisas. Outros corações, outras histórias, outras polêmicas. Mas se proíbe. Tolera o amor. Está conformada, apesar de não saber se essa foi sua melhor escolha.

Ela, a outra, a ex-mulher, ainda revive diariamente a dor. E a loucura. Padece pelo abandono e pela traição. Ainda se consterna pela rejeição da filha adotiva. Vive o desgosto da ingratidão. Não, não pode e não consegue se reaproximar dela. Reinventa diariamente os doze anos de união. Reescreve e reformula compulsivamente sua história. A cada hora do dia encontra nova explicação para o passado. Cólera. Antidepressivos. Passa dias, semanas, meses internada em diversas clínicas. Tenta escrever, criar um roteiro, inventar outra fantasia. Mas não encontra paz. Vai à mídia com novas interpretações e novidades. Procura a Justiça. Reza pela justiça divina. Porém não consegue mais discernir a realidade da ficção. No momento está apaixonada por um homem trinta anos mais jovem, mas sonha todas as noites que o está matando.

## 9.

Eles estão casados há anos. Vivem felizes. Eles se amam. Trepam como anjos caídos. Agora ela não é mais uma menina-ninfeta. Não tem mais o cheiro da infância. Não exala mais a virgindade. E ele aprendeu a amá-la dessa forma.

Ele conseguiu viver de fato a grande tragédia que sempre sonhou escrever. Ele é o verdadeiro e único artista. Épico. Um semideus.

# O humor e a neurose do povo escolhido

Sobre a questão do humor, sabe-se que ele possui também uma função social. Através do humor, é possível ofender e subjugar sem punição. Embora a intenção subjacente seja a de agredir, há um tom sempre mais leve e risível. Assim, conquistados debocham dos colonizadores, empregados de patrões, esquerdistas de direitas, com o intuito de denegrir o outro e se promover. No entanto, grupos perseguidos, minoritários e segregados acabam fazendo uso do humor para se autodepreciar, tornando a própria situação inferiorizada ainda mais ridícula e miserável. O tal do "humor do sorriso entre lágrimas", como mencionou Freud.

Ainda segundo o pai neurótico da psicanálise, haveria algo escondido e, talvez, proibido, no humor judaico: ao falar sobre hábitos culturais e religiosos, o objetivo inconsciente seria o da agressão e do autodesprezo, mesmo que a narração em forma de chiste seja prazerosa e divertida. Dizer publicamente que discorda de alguma postura ou de alguma crença do próprio grupo é muito mais difícil do que zombar dele, ou zombar de si mesmo. Assim, apesar destas piadas serem engraçadas, a questão do abandono, das constantes perseguições e extermínios, da loucura e da neurose afligem eternamente até os mais devotos do povo judeu:

> "Prezadíssimo Deus, por 5 mil anos, nós orgulhosamente temos sido Seu povo escolhido. Agradecemos de coração esse presente. Mas, Você não acha que agora já chega!? Escolha outro povo, por favor!"

"Estavam no deserto um italiano, um alemão e um judeu. Vagavam e, já sem esperança alguma de serem salvos, e certos do iminente fim, começaram a devanear. O italiano disse: "Estou com tanta sede, tanta sede, que daria tudo por uma taça de vinho." O alemão suspirou e disse: "Estou com tanta sede, mas tanta sede, que daria tudo por um copo de cerveja." O judeu então disse: "Estou com tanta sede, mas tanta sede, que eu devo estar, com certeza, com diabetes."

# Ron Jeremy: um personagem de Philip Roth

1.

Todos os membros da família Hyatt, e também os amigos mais próximos, estavam reunidos naquela manhã chuvosa de terça-feira. Era necessário ratificar o antigo, e já démodé, pacto com o Criador. Homologar o acordo entre a nação (auto)escolhida e seu desmemoriado pai. Legitimar o compromisso entre o povo mais neurótico e perseguido e seu único aliado. Assim, oito dias depois do nascimento de Ronnie Jeremy, o rabino Dayan chegou à casa dos Hyatt para realizar o doloroso *brit milá*, a circuncisão ritual.

Os muitos amigos e parentes já se fartavam de comida e de fofocas. Esses eventos eram, de fato, essenciais para a perpetuação da cultura judaica. Lá eles comentavam sobre a vida dos colegas e de todas as famílias que conheciam. Lá se conspirava contra o vizinho do lado, contra o perigoso gentio, pejorativamente conhecido como *goy*, e contra o parente que não tinha dado as caras. Lá blasfemavam e ridicularizavam os companheiros de toda uma vida. Era nessas reuniões que os próprios judeus, sempre discriminados, podiam depreciar seus semelhantes e também seus opressores. Mas além disso tudo o *brit milá* era imprescindível, pois assegurava o bem-estar espiritual da criança. A partir daquele instante, Lilith e o *dibouk*, esse demônio que se apodera do corpo dos desamparados, não teriam mais acesso ao jovem judeuzinho. Ele estaria fechado, protegido, santificado. E, claro, totalmente traumatizado.

Portanto, tentando livrar o corpo do *little* Ronnie desses primeiros demônios, teve início o antiquíssimo ritual conduzido pelo rabino da comunidade. Naquele instante, segundos antes de circuncidarem o bebê, todos ali reunidos se aproximaram para dar o último adeus ao pequeno prepúcio. Povo confiante, já cortavam logo um pedaço do pênis imaginando que não faria falta. Mas ninguém esperava ver aquilo. Aquele indulto, aquela dádiva, aquele pinto gigantesco. *"A broch!"* ("Que bênção", em iídiche, ou "puta que pariu!", em bom português), exclamaram. Surpreendentemente Ronnie já desfrutava, mesmo aos oito dias de vida, de uma grande e volumosa graça. Até o rabino se espantou mostrando alegria, admiração e certo pavor ao dizer um *"Mazal Tov!"* ("boa sorte", ou "caralho!", numa tradução mais adequada) com um pouco mais de virilidade do que costumava proferir nesses eventos.

Mas parece que naquele instante Lilith também se afeiçoou pelo lascivo neném. Aquela criança consagrava um dote mais que especial (e bota especial nisso!). Talvez essa fada malquista, mesmo proibida de tomar para si o já protegido judeuzinho, tenha se devotado a possuí-lo de alguma outra forma. Ronnie era espetacular demais até mesmo para ela. Por isso, especula-se que Lilith tenha feito um pacto paralelo com Deus: uma troca de favores, uma aposta meio no estilo de Fausto, ou de Jó, e tenha arrematado a alma e a volumosa dádiva de Ronnie Jeremy. A partir daquele instante ele passaria a ser a criança favorita de Lilith.

## 2.

Ronnie Jeremy Hyatt nasceu em 1953 e foi criado no Queens, Nova York. Seu pai era físico e sua carinhosa mãe trabalhava como editora de livros e como secretária do governo. Uma família normal, basicamente. Bem parecida, por exemplo, com a de Alexander Portnoy. Entretanto, como já mencionado, no momento do nascimento algo de estranho — *unheimlich* — chamou atenção para aquele menino. Seu corpo despertou um pouco mais da curiosidade dos outros. Ratificou não mais a fé no antropocentrismo, mas a certeza do falocentrismo.

Logo após o *brit milá*, sua iídiche *mama* já se sentia orgulhosa com o sucesso prematuro de seu *boychick*, o queridinho. Com alegria, ouvia os comentários das enfermeiras ao examinar o pequeno Ronnie: "Acho que nossos maridos teriam dado tudo para ter recebido uma bênção assim." Dessa forma nascia uma estrela. Um ídolo. Uma deidade que reinventaria e aprimoraria o mito Príapo. Um Príapo Cohen.

Príapo, na mitologia grega, é o deus da fertilidade. Considerado o protetor do rebanho e de todos os produtos hortícolas, é sempre retratado como um homem de grande falo. Segundo alguns estudiosos, o mito sobre o avantajado pênis de Príapo pode ser explicado a partir de sua filiação. Príapo, algumas vezes, é apresentado como filho de Afrodite e Dionísio e, em outras versões, como filho de Afrodite e Zeus. Desta última variante, surgiria então Hera, a guardiã implacável dos amores legítimos, que, tomada por grande ciúme de Afrodite, temeu (ou invejou) que a estabilidade dos imortais se abalasse diante do surgimento de um novo deus, nascido com a incrível beleza da mãe e com o majestoso poder do pai. Assim, enciumada, louca e confusa, Hera teria dado um soco no ventre da rival, fazendo com que o menino Príapo nascesse com a deformidade de um pênis totalmente desproporcional ao tamanho do seu corpo. Afrodite, então, receosa de que ela e seu filho fossem ridicularizados e menosprezados pelos outros deuses, decide abandonar Príapo nos campos de cultivo. O fragilizado menino é encontrado por pastores, que se tornam os responsáveis por sua criação.

Mas Ronnie seria bem diferente do deus grego. A mitologia judaica é sempre muito mais esperta. Príapo, embora nascido com um membro enorme, invejado e desejado por todos, não tinha o falo funcional em virtude do soco. Isso era de extrema crueldade e malícia. Outras teorias, no entanto, acreditavam que essa impotência seria causada por um castigo, uma punição dos deuses aos homens, por desejarem alcançar um prazer transcendente, permitido só aos céus. Mas Ronnie — talvez pelo zelo de Lilith, talvez por desafiar os deuses, anjos e demônios, talvez para engrandecer a literatura judaica —, além de ter nascido com extraordinária dádiva, digna de um verdadeiro deus grego, não recebeu essa punição divina. Bom, ele era judeu e já carregaria todas as outras culpas, danações e neuroses típicas desse povo. Ao menos da impotência ele escapou. Amém!

## 3.

Ronnie sempre foi um garoto bem-humorado. Divertido. Sarcástico. Alegre. Ele levava a vida de forma leve e lúdica. Não se importava, no início, com sua bênção. Nem sabia que era alguém privilegiado. Alguém que atrairia o olhar cobiçoso de uma geração. Alguém que despertaria o desejo e a abnegação mais secreta do outro. E que levaria esse humor e leveza para sua futura profissão.

Seu sarcasmo, inicialmente, não era autodepreciativo. Ele fazia comédia ingênua da sua própria condição. Coisa que mudaria com o tempo. Existe uma fronteira tênue, e perigosa, entre o auto-ódio e a autoironia, e Ronnie sabia inconscientemente disso. Como costumava dizer: "Sou apenas mais um cara normal, com bastante senso de humor e com um pau gigante." Assim, com humor e com seu avantajado atributo, Ronnie se tornou amado e rejeitado por milhares de seguidores. Ele satisfez o sonho de muitos ao fazer sexo com as mulheres mais lindas e desejadas, e ainda ser pago para isso. Foi invejado por colocar em prática as perversões que muitos recalcam, e cortejado como um símbolo da sexualidade, libertinagem e luxúria. Mas aí também reside o pesadelo de muitos. Ninguém o amava. Ninguém nunca o amou de verdade. Algumas mulheres com que se relacionou só tinham curiosidade de conhecer seu *potz*, essa sua espada encantada. Outras apenas se envolveram com ele por dinheiro. Ou por sadismo. A triste verdade é que ele era uma pessoa que frequentemente estava só, melancólica e perdida.

Ronnie foi um excelente performer. Adorava interpretar e ser o centro das atenções. "Ele, desde cedo, quis atuar para as pessoas. Fazê-las felizes. Satisfazê-las", comentou sua irmã em um filme dedicado exclusivamente à "lenda de Ron". Ela, a irmã, formada em Direito pela Universidade de Harvard, sentia atração e repulsa pelo irmão. Ela, aluna brilhante da universidade famosa, sempre soube das invenções antissemitas em relação à endogamia e ao incesto do povo judeu. Diversas vezes tentou se afastar do irmão, apesar de não ter conseguido. Ela também se via atraída pela aura, pelo dom e pelo sorriso do predileto de Lilith.

Ronnie nunca pensou que seu destino seria o de se tornar uma lenda. Jamais havia imaginado que algo assim pudesse acontecer com ele. Tampouco cogitou que se tornaria rico, reconhecido e idolatrado. Uma grande surpresa do acaso.

No começo da carreira ele se dedicou, e muito, à arte e aos estudos. Ele se graduou em Teatro e fez um mestrado em Educação Especial, ambos pelo Queen's College em Nova Iorque. Durante alguns anos, e imaginando que esse seria seu caminho, foi professor. Nunca foi *O professor de desejo* do Philip Roth, mas fazia tudo o que podia. Talvez imaginasse que, como educador, conseguiria comer alguma aluna, mesmo sendo um cara feio, narigudo, gordo e desengonçado. Mal sabia ele que comeria o mundo inteiro!

Mas, desde o começo da carreira, e até hoje, sempre sonhou em atuar em grandes montagens. Produções cerebrais, intelectuais, audaciosas. Performances que mostrassem seu vituosismo e destreza como ator. Sonhava viver e construir outros mundos. Em poder ter e criar outras vidas. Outros papéis. Outros personagens. Imaginava inflamar os telespectadores de sentimentos profundos, lágrimas verdadeiras e risos misteriosos. Mas o peso da sua bênção nunca lhe permitiu concretizar esses sonhos. Ele, mais do que ninguém, carrega todos os dias a carga, a dor e o prazer do falocentrismo. E, mesmo que quisesse fugir, esquecer, encobrir sua opressiva carga, fatalmente os outros não o deixariam partir. Ele se tornou a cobiça, e o repúdio, do olhar daqueles que o fazem existir. Ele se transformou no objeto-abjeto dos outros. Sua existência é necessária para que ele seja cultuado e abjurado pela doença coletiva.

## 4.

"Ronnie, que pau imenso! *Oh, my God!* Como você se sente? O que isso representa para você?" "Ora, entrei dezoito vezes na fila do pau", respondia ironicamente Ron.

Ele ainda se lembra de espiar os colegas no banheiro da escola. Ainda muito novo. Ainda sem a maldade dos adultos. No começo não se deu conta de que seu dote era bem maior que o dos seus coleguinhas. Mas, depois de algum tempo, tudo aquilo mudaria. Mesmo a contragosto.

Ele sofria, sofria calado. "Uns têm o pé grande. Outros têm uns narigões mais horríveis que o meu. Barrigões asquerosos. E eu tenho esse pau, porra. Qual o problema?", refletia e se enganava Ronnie. Talvez sua única válvula de escape do olhar invejoso do outro fosse sua querida mãe. Sempre carinhosa, zelosa e muito protetora. Ele sempre encontrava um amor verdadeiro nos braços da mãe. Ela o protegia da lascívia depreciativa e funesta do mundo. Eram muito próximos. Próximos até demais.

A mãe era sua ídola. Foi por ela que ele decidiu virar ator. Um grande ator. Ela, durante a Segunda Guerra, trabalhou na *Office of Strategic Services* (OSS), uma agência de inteligência que antecedeu a fundação da CIA. No trabalho, imaginava Ronnie, sua mãe atuava como uma agente ultrassecreta, mas tinha que manter o disfarce de uma simples secretária. No escritório, Ronnie sonhava, sua mãe descriptografava mensagens secretas, participava de reuniões em que se discutiriam ações de guerra americanas, e conhecia todos os grandes segredos e mistérios da História. Ronnie amava sua mãe e adorava imaginá-la como uma personagem das ficções, da literatura, do teatro e do cinema que ele tanto venerava. A mãe foi seu único, eterno e verdadeiro amor.

Mas ela começou a misturar demais realidade com ficção. Ficou paranoica e imaginou estar sendo perseguida por agentes russos. Ela, ex-funcionária da OSS, e agora editora de livros, embaralhou lembranças, memórias e incertezas. Duvidou do próprio presente. Confundiu desejos, sonhos e reminiscências. Ela infelizmente encontrou a loucura. Demência. Esquizofrenia. Descontrole. E toda a alegria familiar começou a desmoronar. Todos os sorrisos e brincadeiras de Ronnie perderam o sentido. O sofrimento se instaurou no jovem sonhador. Não havia mais como suportar o choque de realidade que todos os dias a mãe estampava na casa onde moravam. Assim, com muita amargura, a mãe acabou sendo enviada para um lar especial. E nunca voltou. Ronnie se recusa a falar sobre esse evento, mas o revive constantemente.

# 5.

Durante dois anos, Ronnie foi professor de crianças excepcionais. Talvez a educação especial fosse uma forma de tentar entender o mundo em que sua mãe foi jogada pela doença. Onde ela foi largada, esquecida e enterrada. Ou talvez tenha sido uma forma de compreender toda a carga histórica e cultural da discriminação e da abnegação do olhar do outro, e do próprio olhar.

Ele lecionou dois anos na Associação dos Cegos e Retardados. Terrível nome. Lá viviam esquizofrênicos, autistas, portadores da síndrome de Down e pessoas com paralisia cerebral. Um lugar para ser esquecido pela sociedade. Esse sim era um local devasso, indecente e obsceno. Muito mais pornográfico e hostil que a indústria que anos depois receberia o ex-professor Ronnie como seu rei.

E, naquele lugar, Ronnie sentia-se constantemente afrontado. Lá habitava o seu mal-estar humano e cultural. A realidade era cruel, ultrajante, animalesca. Foi somente naquele ambiente que alguma vez Ronnie se sentiu ameaçado e impotente. Mesmo nu, exposto às câmeras, aos diferentes cenários e às muitas pessoas, ele nunca se sentiu tão encabulado e incapaz como se sentia naquele infame lugar.

Tempos depois, ele teve a consciência plena de que a verdadeira pornografia era o desrespeito com que eram tratados os chamados "retardados", os "cegos" e os "incapacitados" daquela instituição. Eles, seres humanos, mereciam ser tratados com dignidade, carinho e afeição. Não podiam ser tão discriminados e depreciados como eram. Desiludido, resolveu desistir desse caminho.

Após largar a educação especial, Ronnie voltou a lutar pelo seu objetivo: atuar. Ele sonhava com o glamour de um mundo que idealizava. Tentou de tudo. Broadway. Off Broadway. Off off Broadway. Mas não conseguia nada. Nada que inspirasse seu sonho. Nada que mostrasse seu verdadeiro talento. Atuou apenas em algumas pequenas produções. Fez teatro para crianças e para adultos e encenou para plateias desatentas. Ele era extremamente feio até para interpretar monstros. Seu biótipo, a bem dizer, um estereótipo, nunca o ajudou. Cabeludo, narigudo, baixinho e com uma pancinha reluzente.

Ele sempre soube onde terminaria seus dias, mas sempre tentou fugir da sua sina. Até aquele momento, nunca exibira publicamente sua bênção. Sabia que aquilo mudaria os caminhos do seu sonho. Ele sabia, também, mas negava, que era medíocre como ator. Mesmo assim, achava que era digno continuar fantasiando. Ainda não estava pronto para ser visto como uma atração circense Mas um dia, farto de todas essas tentativas inglórias, e de ser constantemente desprezado, refletiu: "Deve existir algo muito melhor que essa porcaria toda."

Então uma namorada teve a ideia de enviar uma foto de Ronnie sem roupa para uma revista masculina. *Playgirl*. Naquele dia ele estava bêbado, deprimido e tinha dado "umazinha" bem sem graça na namorada. "Foda-se", ele pensou. Botou o pau para fora, maldisse Deus e o Diabo e se deixou fotografar.

Ele finalmente havia sido exposto publicamente. E foi nesse exato momento que Lilith se deleitou! Reza a lenda que ela se nutre do líquido desperdiçado. E a partir daquele instante Ronnie se tornaria o mais viril dos filhos de Onã. Ele faria do desperdício do sêmen a sua profissão. E, após o anúncio na *Playgirl*, o telefone não parou mais de tocar. O circo de horrores teve início. Assédio. Fama. Desejo. Todos precisavam conhecer o grande Ronnie.

Mas seu pai não queria que a família fosse exposta. Que o sobrenome fosse vinculado a essa indústria subterrânea. Que a cultura judaica fosse desvirtuada. Ele não proibiu, e não poderia nunca proibir a entrada de Ronnie nesse ramo que ainda se formava. Mas não permitiu que o "Hyatt" continuasse. E o medíocre Ronnie Hyatt se tornou a quimera erótica Ron Jeremy.

Com esse nome artístico, assinou o primeiro contrato. O primeiro de muitas produções supostamente artísticas. O primeiro de milhares. Ele estava convicto de sua decisão, mas imaginava que esse caminho seria temporário. Apenas um trampolim para atuar nas verdadeiras obras de arte. Seu pai aconselhou: "Use essa oportunidade como um atalho para chegar aonde realmente deseja. Seu sonho não é atuar?

Comece assim, mas tenha sempre seu objetivo maior em vista." Mas os dois se autoenganavam. Sabiam que esse ideal artístico se perderia ao longo do tempo. Sabiam da onipresença avassaladora de Lillith no corpo de Ron.

Apesar disso, ele continuou sonhando com a sétima arte. Ele, mesmo rodeado por dezenas de mulheres nuas, aspirava a interpretar um pequeno papel em um filme de Bergman, Truffaut ou Kurosawa. Ele, mesmo sendo chupado e lambido pelas mais depravadas e libidinosas atrizes, e comendo outras tantas mulheres, ainda sonhava com um papel de um simples porteiro num filme do Woody Allen. Ou de um professorzinho num filme do David Lynch. De apenas um decadente ator pornô num filme do Almodóvar. Mas isso nunca aconteceu. Nunca aconteceria. Ele havia se tornado o protagonista de um show de horrores, que ao mesmo tempo encanta e deprecia. E que desperta o desejo e o desprezo de muitos.

## 6.

No começo das produções pornô os mesmos diretores que realizavam esse tipo de filme também produziam outras obras de "arte". E Ronnie se ludibriou: sendo conhecido por esses diretores, poderia um dia migrar para Hollywood e realizar seu grande sonho. O sonho do pai. A glória em memória da mãe.

Talvez de 1975 até 1983, anos de maior celebridade de Ron, a indústria pornô americana tenha tentado colocar um pezinho na arte. As produções eram muito mais grandiosas e havia, sim, espaço para atuação. Para um roteiro bem dirigido. Para uma história bem encadeada. Ron atraía público. Vendia bastante, porém exibia sua mediocridade como ator. Surpreendentemente, ele levava os espectadores aos risos. Era uma mistura estranha: sexo e gargalhadas. E era isso que as pessoas buscavam como entretenimento e realização das fantasias. E era em Ron Jeremy que se inspiravam: um cara feio, gordo, baixinho e cabeludo transando com todas as mocinhas.

A maioria absoluta das produções pornôs era dirigida aos homens heterossexuais, que queriam ver somente mulheres-malabaristas em posições espetaculares, mas, em contrapartida, quem acabava atraindo o público era esse homem-abjeto. A participação de Ron Jeremy em qualquer filme dava lucros significativos. Todo mundo gozava com seu pau.

E a cultura americana, assim como tantas outras, é uma cultura *sui generis*, risível e complexa. Se por um lado não permitia o consumo de bebidas alcoólicas, condenava veementemente o ateísmo, privava pela saúde mental familiar, por outro, estimulava a ascensão da pornografia. Feiras, shows, marketing: tudo para criar uma estrela. Um ídolo. Um ícone.

Todos nos EUA têm que se tornar um dia uma pessoa especial. Diferenciada. Extraordinária. Todo mês, por exemplo, um funcionário do McDonald's é escolhido como o funcionário notável da lanchonete. E essa celebridade não se repete todos os meses. Portanto, todos serão especiais um dia! Terão a foto exposta em uma das muitas (quase infinitas) lojas da rede. E essa prática se espalha em todas as áreas. Na escola. No trabalho. Na vida. E Ron, ele sim, que atraía público e muito dinheiro, acabou se transformando no maior representante da indústria erótica. Um deus vivo. Ele virou o mais poderoso e requisitado ator num mundo em que o homem não tinha a menor importância. Foi a principal referência de um mercado que movimenta bilhões de dólares. E ele se tornou o líder de muitos. Tem fãs, amigos e admiradores por todo o mundo. Mas todos os dias alguém o jura de morte. Vive o desprezo e o amor de ser esse objeto-abjeto.

Ron também foi visto como um criminoso. Nos EUA, de 1972 a 1988, era permitida a comercialização, a posse, a exibição e a distribuição de filmes "adultos". Mas atuar em filmes pornôs e produzi-los era ilegal. Paradoxo? Segundo a antiga lógica deles, os atores filmando cenas de sexo estariam se prostituindo e isso era crime previsto na lei. Ron foi preso duas vezes por "prostituição". A sociedade puritana o via como um repugnante delinquente.

Um caso famoso ficou conhecido nos anais (literalmente) da pornografia. Califórnia × Freeman. Harold Freeman era um produtor e diretor de filmes pornográficos que foi acusado criminalmente pelo estado da Califórnia, em 1987, de contratar pessoas para o fim de prostituição — proxenetismo e lenocínio. A acusação era parte de uma tentativa pudica do Estado de acabar com a indústria do cinema pornográfico. Porém, conclamando a Primeira Emenda, que assegura a liberdade, o juiz determinou que as pessoas contratadas nesses filmes não mais poderiam ser vistas como prostitutas, mas como atores realizando cenas explícitas de sexo. Antes dessa histórica decisão, os filmes pornográficos eram filmados em locais secretos, e os atores, perseguidos e presos. Logo depois do desfecho desse caso, tudo foi liberado. *God bless America!* E que a América abençoe e glorifique Ron.

## 7.

Ron também é conhecido como *Mister Fucking Jew*. Ele se diverte com o apelido. Faz de conta que não liga. "Eu comeria até o Hitler, se ele fosse uma gostosa." Mas será que ele realmente não se importa com isso? Será que se enxerga como membro desse povo? Será que já assimilou os muitos mitos e crenças preconceituosas sobre os *fucking jews*?

Ele se lembra de uma das aulas do mestrado, quando estudaram Shakespeare e discutiram sobre a concepção do personagem Shylock. O judeu desprezível, usurário e odioso. "Uma tragédia comum entre os grupos étnicos que são hostilizados ou perseguidos é o fato de que muitas vezes acabam introjetando a deletéria imagem que deles é construída", escrevem os psicólogos. Será que ele incorporou e se transformou no "maldito fodedor judeu"? No judeu asqueroso? No abjeto? Ele apenas faz piada de tudo isso.

Mas será que o chiste não seria também uma forma de extravasar a melancolia que existe nessa cultura perseguida? Será que não é aí que se cria o sofrido humor judaico? Um humor de um grupo que consegue rir de si mesmo, mas almeja se defender do próprio desespero. E se proteger da perseguição. Ron ri constantemente de si. Ri da ascendência e da condição de "fodedor".

Ele foi um judeu praticante até seus 13 anos, quando realizou o *bar mitzvá*. Gostava desse mundo divertido e fantástico. Tinha amigos e parentes religiosos. Durante algum tempo frequentou a sinagoga no *shabat*. Depois, passou a ir somente nas grandes festas. Depois, só em *Yom Kipur*, o dia do jejum que roga pelo perdão divino. Depois, deixou isso tudo para lá. Nunca acreditou na vinda de um Salvador. Na existência de um Deus superpoderoso. No Paraíso. Para ser judeu basta ter nascido assim. E pronto. E ele será sempre visto como um maldito e idolatrado *fucking jew*.

Ele foi premiado várias vezes. Recebeu as graças e as glórias que sempre sonhou. Foi aclamado, celebrado, cortejado. Alguns troféus adornam seu escritório. E ele inventa, ludibria, falseia que essas condecorações são mais preciosas que os Óscares de Hollywood. Ele fantasia ser um grande astro com um incrível talento.

E ele teve que se esforçar muito para ser reconhecido. Sua suposta genialidade teve que ser exaustivamente trabalhada. Ele não apenas fez uso da dádiva que recebeu — se empenhou imensamente em lapidar o dom que herdou. Sangue, suor e muita porra. Como pensar filosoficamente sobre isso? Por que um gênio da matemática, ou do cinema, ou das artes, que também foi presenteado, teria mais méritos que ele? Ron ainda foi agraciado com um atributo especial e chegou ao seu auge. Com sua labuta diária, com seus mais de dois mil filmes, com o fardo que só ele sabe que viveu, não é menos importante que qualquer outro gênio, ou louco. Ele merece ser consagrado. Eternizado. Idolatrado. Salve, Ron!

## 8.

"Se houvesse olimpíadas do sexo, Ron ganharia a medalha de ouro. E não só uma vez. Teriam sido várias medalhas. Uma glória para a nação!", disse uma vez um dos maiores diretores da indústria pornográfica. Ron, apesar do visual obsceno, é *clean*. Não usa drogas de nenhum tipo. Nem mesmo Viagra; é totalmente contra. Faz exercícios físicos diariamente, não bebe nem fuma. Nunca seria condenado por doping em olimpíadas.

Na década de 1980, época em que o Viagra ainda não existia, os atores tinham que ser escolhidos a dedo. Não poderiam brochar jamais. Brochar seria um prejuízo enorme. "Eu não tenho tempo para esperar que um ator fique de pau duro. Tempo é dinheiro. E há sempre muitas pessoas envolvidas na produção. Se um ator não consegue se animar, então ele é deixado de lado na hora. Por isso, pouquíssimos atores foram bem-sucedidos na época. Ron é, sem dúvida, o maior de todos. Ele nunca nos deixou na mão." O fodedor judeu era o maior. O que mais tinha controle da situação. O que mais conseguia abstrair-se do mundo e apenas ficar ereto. Pelo tempo que precisasse. Por isso ele era ainda mais requisitado.

Nessa mesma época, quando se falava em orgia e sexo grupal, tentavam proteger o homem. A maioria das produções envolvia vários atores homens, mas apenas uma mulher. Eles tinham medo que o ator, mesmo profissional, não conseguisse ter uma boa performance se atuasse com muitas mulheres simultaneamente. Mas muitos fãs imploravam por cenas com várias mulheres. Era um nicho de mercado ainda não explorado. Eles precisavam de alguém que conseguisse realizar tamanha proeza. Chamaram então Ron Jeremy, que logo aceitou a difícil tarefa.

O diretor convidou Ron para atuar numa cena com quatorze mulheres. Número cabalístico. Algo que jamais havia sido concebido. Jamais realizado. Uma façanha digna de deuses imortais. E esse evento se tornaria o *turning point* na carreira do astro e também uma mudança de paradigma de pornografia. Ninguém jamais havia feito isso antes. Alguns tinham tentado, mas brocharam tragicamente.

Assim, a audaciosa cena tem início. Ron se concentra como nunca. São mais de quatro horas de gravação. Inúmeras intervenções e intercursos. Todos estão apreensivos. Ron precisa transar com todas as mulheres em cena. E não pode demonstrar cansaço, fadiga, tédio. E ainda precisa falsear o prazer.

A cena finalmente termina com seu feroz orgasmo. "O! Weeshwashtkissima pooishthnapoohuck!", ele uiva, interpretando Bloom, na memorável cena de *Ulisses*. O harém é presenteado com seu maná. Todos vibram e idolatram a verdadeira performance de um gênio. Ele está no hall da fama. A cena será estudada e ficará arquivada na memória pornô. E ele será eternizado como o maior.

Ele exige seu lugar no Olimpo (ou no puteiro). Prova que em sua profissão é sobre-humano, excepcional, transcendente. É capaz de alcançar o sublime. O fantástico. O majestoso. Ele é o verdadeiro super-homem. Um herói. Merece toda admiração e todo desprezo que lhe oferecem.

"Ninguém consegue fingir uma ereção, mas Ron tinha sempre uma pronta pra gente", comentava, enquanto sorria, uma famosa atriz pornô. Ron se vangloriava: "Você nunca pode brochar. A atriz que está lá não quer saber de amor, de romance, de paixão. Ela quer trepar logo e ir rápido para casa com o sentimento de dever cumprido. E com o cheque graúdo no bolso. Brochar é uma desgraça para toda a produção envolvida." Ele é um astro espetacular e sabe a sua função.

Sobre a dificuldade de sua profissão, Ron comenta: "Todos acham que é fácil. Mas com todas as pessoas envolvidas e com as câmeras, não é, não. Agora com o Viagra tudo mudou. Fica tudo mais banal, e novos performers surgem a cada dia. O romantismo infelizmente desapareceu. Mas eu nunca tomei e nunca vou tomar essa porra de droga." Nessa entrevista que Ron concedeu, ele aparece sem roupa e ainda de pau duro, logo após uma de suas muitas cenas. *God bless the legend*.

E como todos os grandes gênios, de todas as áreas dessa vastidão humana, Ron acredita, e luta, pelos seus ideais: "Nunca tomaria um Viagra. Isso seria trapacear. Isso seria enganar uma garota. Enganar o público. Enganar a arte. Jamais tiraria proveito disso." Será que Ron acredita que realmente exista algo de autêntico nesse seu trabalho? Que há prazer e interpretação legítimos diante das câmeras? Que o banho de sêmen é também uma expressão artística? Que existe genuinidade inerente em alguma obra de arte?

Talvez ele acredite verdadeiramente que é um artista. E que todos nessa indústria merecem ser adorados. Ele defende e luta pela busca da ereção sem o uso do comprimido azul. Sem o uso do "soma", de Huxley. E crê que essa é a única forma de legitimar sua arte, essa arte underground em que está imerso. "Meu público pode confiar em mim. Pode ter certeza que tudo que acontece aqui é o retrato fiel de algo espontâneo. Recebi essa bênção e nunca vou enganar meu público." É nisso que ele acredita. É essa sua arte. E é essa também sua mentira.

Sua genialidade ainda é maior do que se imagina. Mais mística e metafísica. Ele é um monge ocidental que tem o controle completo sobre seu corpo. É capaz de controlar o seu gozo como ninguém. Ele monitora o tempo exato de atingir o orgasmo. Administra o número de penetrações que tem que realizar para finalizar uma cena gloriosamente. Isso é um fenômeno! Ele de fato realiza o sonho do controle total.

Ele é um gênio, e sabe do seu poder: "Tudo isso exige muito controle mental. Você tem que pensar em outras coisas para não terminar a cena antes da hora. Eu, por exemplo, para adiar uma gozada, penso na minha avó morta, na guerra do Vietnã, no Holocausto. Não é brincadeira." É sublimação, como corrobora uma das atrizes pornôs mais quentes, e com quem Ron já atuou diversas vezes. "Eu peço para que Ron olhe atentamente nos meus olhos enquanto estou em cima dele. Quero instigá-lo. Quero que ele sinta tesão e goze. Mas ele não me olha. Não pode. Não consegue. Ele se controla, apesar da minha provocação. E é nesse momento que percebo que ele está em outra dimensão. Em outro mundo. Está pensando outras coisas para gozar no momento certo e previamente combinado com toda a equipe técnica. Algumas vezes eu escuto ele falando baixinho: 'Cachorros mortos, cachorros mortos, vovós feias, vovós feias' e percebo que ele está mesmo em outro universo. Vive um estado de consciência diferente. Estou cavalgando como uma puta em cima dele, e ele não está lá."

Ron confirma a declaração da atriz e amiga: "É concentração demais. Extrema. Não dou a mínima para o que está acontecendo no mundo naquele instante. Você não pode pensar em nada, porque, se você pensa, você explode logo. Goza e termina a cena no momento errado. E tudo terá que ser refilmado. Uma merda. Por isso é necessário atingir a concentração. E isso é a legítima e autêntica encenação da grande arte! É a pura arte! Essa é exatamente a utopia ensinada por Constantin Stanislavski e Lee Strasberg: 'Você deve estar completamente inserido no seu personagem. O mundo lá fora não existe. O segredo para o método de atuação, que é tão antigo quanto o teatro em si, é a criação de realidade.' Eu vivo uma espiritualidade real quando atuo." Bravo!

Ron nunca brochou. Também nunca falseou ou trapaceou em cena. Isso iria contra os princípios e teorias sustentadas pelos grandes mestres da atuação e da performance. Ron continua: "Gosto de dizer que sou tão fantástico como Richard Burton ou John Gielgud encenando *Macbeth*. Mas de pau duro."

## 9.

Ron é o personagem principal do circo do erotismo. "A atividade sexual de reprodução é comum aos animais sexuados e aos homens, mas, aparentemente, apenas os homens fizeram de sua atividade sexual uma atividade erótica, ou seja, uma busca psicológica independente do fim natural dado na reprodução e no cuidado com os filhos", escrevia Georges Bataille em 1957, ainda sem conhecer o grande Ron Jeremy. Teria ele repensado essa declaração se tivesse conhecido o espetáculo que é inaugurado com Jeremy? O feio, cabeludo, desprezível e lúdico ator pornô? O erotismo baixo e vulgar dessa indústria que movimenta bilhões? Entretenimento, cultura e prazer.

E o show de horrores chegou ao êxtase quando Ron contou aos diretores que podia abençoar-se. Ele podia chupar a si próprio! Quase um paradoxo. Praticar a arte do prazer oral nele mesmo. *Freak*. E isso é algo perturbador. Príapo alguma vez foi retratado assim? O marquês de Sade teria conjecturado algo dessa magnitude? Mas Ron é real e pode ser visto praticando essa sua espetacular arte em muitos filmes. Além disso, ele é reconhecidamente o profissional que mais sabe dar prazer a uma mulher. Weininger ficaria espantado ao assistir a algum de seus filmes. "Ele é o ator, e o homem, que melhor sabe chupar uma mulher", comentou uma atriz.

Mas esse homem-abjeto é complexo: "Houve um tempo em que circulava um boato de que as mulheres não queriam fazer sexo com Ron, por conta de sua higiene. Ele sempre parece sujo." Ron Jeremy desperta a subversão, o desprezo e a inveja até dos seus semelhantes. Enquanto a pornografia e Ron produzem uma relação vicária das nossas fantasias, também permitem que os espectadores e atores se desloquem a um espaço erótico confidencial, anônimo e privado.

Ron é carente. "Ele gosta mais de comida do que de mulher", revela um amigo. A comida busca preencher um vazio. Um vazio que sempre surge quando ele deixa de atuar. De estar com uma mulher. Ele sente falta da figura feminina. Do amor da mãe. Do Édipo e do Portnoy.

É na comida que se recorda do único carinho verdadeiro que recebeu. Do amor da mãe. Ela cozinhava para ele. E cada bolo, cada torta, cada *gefilte fish*, esse bolinho delicioso de peixe que ela preparava melhor que qualquer outra mãe judia, era uma dose cavalar de amor. Um amor totalmente altruísta, com o qual ele agora sonha e se ilude. Sim, naquela época, antes do desmoronamento do amor materno que quase todos um dia vivenciam, Ron foi totalmente pleno. Ele sente saudades do colo da mãe. E da utopia de sua perfeição. Então é somente na comida que ele consegue revisitar esse passado cheio de sentimentos puros. Ele sente um prazer espiritual na comida. Algo semelhante ao que vivenciava, em cada refeição, o escritor Lezama Lima. Com uma grande diferença: Lezama buscava ludibriar a dor da impotência na comida. Ron tenta estancar a sexualidade exacerbada por meio da comida.

## 10.

"Sexo é simples. Amor é doloroso", reflete o grande filósofo do pornô. Ele amou apenas três mulheres, além da mãe. Ou diz ter amado. Duas antes de se profissionalizar. A última, também atriz pornô, foi a mais dolorosa de todas as perdas. Eles chegaram a morar juntos. Ela juntou muita grana e resolveu largar esse mundo amaldiçoado. E queria que ele também esquecesse o passado. Ela virou religiosa e blasfemou contra tudo que lhe deu dinheiro e projeção. Ele até que tentou, mas não conseguiu se livrar da consagração diária que praticava. Ela não mais o aceitou. Romperam. Vidas contraditórias. Ron ainda lamenta essa perda. Ainda a ama, mas continua vivendo a ilusão da existência.

Será que a escolha dessa profissão foi uma forma de se autodepreciar em função do olhar do outro? "Diga um nome de só um judeu para quem o dinheiro não é importante", indaga, brincando, em uma de suas muitas entrevistas.

Ele também se enveredou pelo mundo do rap. Compôs uma música cômica, "Freak of the Week", que fez muito sucesso. Seria ele, verdadeiramente, uma aberração? Ele brinca com tudo isso. Mas há algo de maquiavélico nessas brincadeiras e músicas.

O uso da comédia, especialmente no mundo pornô, é perturbador e ambivalente. Como na análise dos rituais do carnaval que Mikhail Bakhtin fez, a função do riso na pornografia propõe uma ruptura nas estruturas de autoridade. A ironia tem um potencial transgressor: "Em contraste com a suposta função libertadora das piadas, o prazer humorístico 'salva' o sentimento escondido porque a realidade da situação é muito dolorosa." Filosofia barata? A verdadeira filosofia está na mão (e no *potz*) de quem pratica a ação todos os dias: "As pessoas não conseguem rir e ficarem excitadas ao mesmo tempo. Isso é o que elas dizem. Mas eu consigo", alfineta Ron. O riso é precisamente o que permite que os espectadores saciem a transgressão a que assistem. Por isso o grande sucesso de Ron.

## 11.

Ron é uma celebridade. Um ídolo. Um Deus. Um louco. Um Príapo entre nós. Ele é venerado, mas vive à margem da sociedade. Ele é poderoso, mas habita o submundo da vida. Ele é invejado, mas reside no imaginário erótico e recalcado do ser. Assim é Ron Jeremy. O abjeto. O louco. O astro. O *fucking jew*.

## 12.

Em uma de suas últimas cenas, Ron aparece decrépito, deprimido, ausente. E "meia-bomba".

# Tempo é dinheiro: uma visão benjaminiana para a modernidade

Em 1896 o grande cientista Krafft-Ebing demonstra "cientificamente" a ideia da prevalência da neurastenia — a ausência de "força nos nervos" — na população judaica. Além disso, ele também prova que os judeus "usam muito seu cérebro em um esforço incansável visando ao lucro desmedido. Por consequência, há na raça certa tendência à doença mental". Nesse momento da História, então, essa dita "ciência" busca comprovar a estreita ligação entre os judeus, a loucura e a ganância. Eles querem mostrar que esse povo, perigoso e estranho, acaba adoecendo e contagiando a sociedade em virtude dessa necessidade fisiológica pela riqueza. Essas ideias aparentemente ridículas apenas confirmam o preconceito inconsciente e coletivo que perdura através da história de parte da comunidade científica.

Ainda segundo o mesmo pesquisador, "o judeu é um grande realizador na área do comércio e da política. Ele lê relatórios, correspondência comercial e notas da bolsa de valores durante as refeições. Não descansa nunca. Para eles, e de forma doentia, 'tempo é dinheiro'". Cria-se aí a compulsão por bens, por trabalho, pelo desejo ilimitado do capital. E o judeu é o grande responsável por essa mudança de paradigma. A vida não tem mais tempo para ser vivida. Torna-se fundamental, e patológica, a busca incontrolável pelo enriquecimento. Assim, à medida que o judeu diaspórico mais e mais se inseria na sociedade moderna, mais frequente a loucura se manifestava, o que ficou conhecido por "neurastenia da bolsa de valores".

Dessa forma, o impacto da civilização e da modernidade atingia, segundo a crença popular, principalmente os judeus, devido ao seu "sistema nervoso fraco". Assim, em *Os judeus: um estudo de raça e meio* (1911), Maurice Fishberg, um médico judeu, acabou assimilando algumas ideias correntes: "Os judeus, como é bem conhecido por todo médico, são notórios portadores de perturbações funcionais do sistema nervoso. Sua organização nervosa está constantemente sob tensão, e o menor dano prejudicará seu funcionamento regular. A origem dessa predisposição não é o casamento consanguíneo, mas sim a prevalência da concentração urbana dos judeus, e das repetidas perseguições e ultrajes a que os judeus foram submetidos durante os dois mil anos da diáspora." O judeu, inclusive para seus próprios representantes, era visto como um louco, mas havia diversas explicações para absolvê-los. Endogamia, cobiça, fuga, diáspora, estresse: tudo era responsável pelos problemas mentais do mundo judeu.

Conjectura-se (e também se fantasia) que a expressão "tempo é dinheiro" tenha sido cunhada de forma pejorativa em relação ao judeu, e que isso seria uma explicação para a conhecida "doença norte-americana". O desejo doentio pelo lucro, pela moeda e pelo poder desencadearia a insanidade. Lentamente, os charlatões, sob a falsa jurisdição científica, espalhariam diversos mitos acerca dos judeus.

# O sexo, o caráter e o silêncio de Otto Weininger

**1.**

"Genialidade ou suicídio? Eis a questão fundamental. Eis o grande problema. Eis o caminho a escolher se sois uma anomalia como eu: judeu e homossexual."

Ele resolveu se matar aos 23 anos. Não foi uma decisão precipitada. Sabia muito bem o território, e os problemas filosóficos, de que estava tratando. Ele não era um simples pensador. Era um grande gênio, e também um louco. Com ideias e certezas muito avançadas para sua época. Talvez ousadas demais para qualquer tempo, e para qualquer possibilidade humana.

Mesmo assim, era muito novo quando decidiu colocar um fim à própria vida. Mas havia constatado, com todo seu atrevimento e ineditismo, que não tinha mais o direito de existir. Ele, que se julgava desprezível, apóstata, deicida, sodomita, afeminado, não mereceria a dádiva da vida. Então, concluiu, por que continuar sobrevivendo? Por que perseverar com essa existência ridícula, suja, pecaminosa? Por que não se tornar um exemplo? Assim, ele tinha de se livrar, e rápido, de toda essa ojeriza que sentia por si. De todo esse nojo pelo seu povo. Sim, ele estava certo de sua decisão. Estava convicto de que suas crenças numa razão superior eram precisas. Ele iria se matar hoje, urgentemente, colocando um ponto final na sua terrível angústia. Mas será que alguém, alguma vez, teria se matado repleto de dúvidas? De aflições? De medo? Sempre. Porém, não foi o caso de Otto. Ele estava seguro de sua racionalidade.

## 2.

Ele sempre teve desejos reprimidos terríveis. Vivia a agonia de habitar um corpo que não considerava excepcional ou superior. Não, ele nunca chegaria aos pés dos grandes pensadores e ídolos que tanto admirava: Nietzsche, Kant, Platão. Eles sim foram sublimes e realizaram feitos prodigiosos. Mas ele não. Tinha algo de execrável em seu corpo. Em suas raízes. Em sua essência. Ele sentia atração pelo que julgava proibido e pútrido. E tinha que estancar esses sentimentos. Tinha que extingui-los a qualquer custo, mostrando a si mesmo, e ao mundo, que pessoas como ele não mereciam existir. Uma conclusão triste e pesada. Mas que foi o único caminho que conseguiu encontrar.

Ele foi um grande mentecapto. Um ser verdadeiramente estranho. Um símbolo da loucura e do desespero. Talvez tenha sido alguém que assimilou demais as crenças preconceituosas de sua época. Alguém que teve de ser duramente combatido e contestado. Alguém completamente transtornado. Que desnorteava ainda mais pela sua genialidade. Suas ideias foram seriamente debatidas por Freud, Kafka, Wittgenstein e James Joyce. Também foi, de forma nefasta, admirado pelos nazistas. Sobretudo por Hitler, que lhe concedeu uma menção honrosa pelas ideias antissemitas que conclamou, e por ter concluído que a judeidade era uma doença que só a morte poderia redimir. Teses e comprovações estapafúrdias. Uma análise profunda de sua obra refuta esses argumentos repugnantes. Alegações extremamente equivocadas, mas que até o próprio Otto acabou absorvendo ao escolher sua morte.

Otto, no âmago de sua filosofia, alguns desconfiam, nunca pensara em absurdos antissemitas. Ele queria mais. Queria discutir a questão do ser, da psicologia, da construção do saber. Apesar de ter escrito e declarado o ódio ao seu povo e ao seu corpo, ele foi apenas uma vítima da História. Alguém, como muitos, que tentou simplesmente se aceitar e ser visto como um verdadeiro cidadão da cultura germânica que sempre admirou. Ele — como muitos dessa época hedionda — tentou se adaptar e abraçar a sociedade que tanto amava. Porém, não conseguiu ser querido.

Apesar de judeu, ele acabou incorporando as ideias e os preconceitos alheios. Vivia sob o olhar atento do mundo germânico. Mundo este que era tão cultuado, especialmente pelos judeus alemães. Otto idolatrava a sabedoria e o conhecimento de Kant. Sua precisão de raciocínio. Sua limpeza filosófica. Sua percepção, pura, simples e certeira do homem e do mundo. Ele sempre buscou realizar algo próximo ao que seu grande mestre alcançou. Será que foi bem-sucedido? Será que deixou um legado? Será que criou alguma teoria importante? Seu esquecimento sugere o contrário.

A figura da mulher sempre o incomodou. Ela era um ser completamente estranho, irracional e inatingível. Nunca conseguiu compreendê-la. Desejava, e muito, o corpo e o coito com um homem. Consubstanciação com aquele que julgava ter um espírito e um intelecto superiores. Dominadores. Alguém que o preencheria. Que o faria esquecer a sua filosofia inútil. Ele foi um homossexual que odiava e desprezava o próprio desejo. Ele foi um judeu que depreciava a própria carne. Ele foi alguém completamente perturbado e paradoxal. "Como entender e aceitar meu maldito corpo? Essa minha voracidade porca, essa minha alma atormentada?", se inquietava Otto, em momentos de tristeza.

Otto foi o responsável por uma tentativa, ainda obscura e pouco reconhecida, de mudar os alicerces e dogmas da psicologia de então. Que nascia e sonhava o infinito. Colega de Freud, Fliess e de outros médicos e pesquisadores, estava empenhado em desvelar os mistérios do ser (e, também, a sexualidade do nariz). Combateu, com vigor, mas no obscurantismo, a pesquisa estritamente empírica na psicologia. Queria sugar mais dessa suposta ciência. Muito mais. Segundo ele, a psicologia teria que explorar a totalidade da consciência, da experiência e do caráter humanos. Acreditava na necessidade de reformar todas as crenças desse novo campo do conhecimento de forma a alcançar o conceito kantiano de indivisibilidade e totalidade científicos, rejeitando assim o empirismo barato. Ele sonhava colocar a psicologia no terreno supremo da arte filosófica. Um sonho totalmente utópico. Vislumbrado, talvez, apenas em seu livro: *Sexo e caráter*.

Mas ele não conseguiu se libertar do sofrimento. Das memórias de infância. Da dor impregnada de antissemitismo que culminaria com Auschwitz. Encontrou o tiro certeiro que alcançou seu coração no dia 4 de outubro de 1903. Na casa onde viveu Beethoven. Ao som de seu mestre Richard Wagner.

## 3.

Ele nasceu em abril de 1880. Segundo filho de uma família judia de Viena. Seu pai foi um grande artista das pedras preciosas. Pouco letrado, mas poliglota. Um amante da música de Wagner. Mas não tanto da ideologia. Seu pai viveu um casamento infeliz com sua mãe. Muitas brigas, discussões e incertezas. Não se casaram por amor, nem nunca souberam o que era esse sentimento. Uniram-se, como tantos, para constituir uma família. Para dar continuidade a uma crença cultural. Para perpetuar algo que nunca souberam muito bem o que era. Mas que sempre sentiram. Assim, Otto percebeu que a vida seria repleta de percalços, contradições e poucos momentos felizes.

Leopold, pai de Otto, nunca compreendeu muito bem seu sentimento em relação ao judaísmo. Viveu um eterno conflito. Queria se assimilar inteiramente, como muitos admiradores da cultura germânica, sem precisar jamais refletir sobre seu passado. Queria mesmo era deixar de lado toda essa coisa de cultura, de crença, de religião, de língua, de um povo escolhido. Queria se sentir inteiramente acolhido pela sociedade vienense. E desejava, mais que tudo, que o outro também o aceitasse como igual. Como cidadão. Como irmão. Sonho que se mostrou completamente impossível. Por isso, teve de aceitar sua condição de ser sempre estrangeiro em sua própria terra. De ser estranho, anormal e culpado por algo inteiramente absurdo.

Leopold tratava sua esposa com desprezo. Depreciava a dona de casa e a mulher rasa que ela se tornou. "Desgraçada. Já para seu quarto. Miserável. Isso é jeito de me receber depois de um dia inteiro de trabalho?" Ela, Adelheid, apesar de inteligente, poliglota, leitora e interessada em cultura e arte, nunca pôde se dedicar a nada além dos compromissos do lar. Foi uma figura apagada pelo patriarcalismo da sua casa e da sua cultura. Nem foi uma mãe expressiva, forte ou carinhosa como costumavam ser as iídiches *mamas*. Foi uma mulher fraca, tímida e bastante reservada. "Desculpe, Leopold. Lamento."

Talvez tenha se tornado assim, um tanto alheia ao mundo e muito distante do amor, já que presenciou por diversas vezes o querido filho Otto sendo abusado. "Não, pai, eu te imploro. Não faça isso comigo, não." "É para o seu bem. Você vai gostar. Deite-se logo." Essa era uma dor tão grande que só a completa alienação poderia lhe trazer alguma paz. Ela sempre soube que o futuro brilhante do filho estaria comprometido pelas abomináveis cenas que testemunhou. E que não conseguiu impedir. A morte do filho tem o sangue e a culpa dela e do marido.

Em seus escritos, Otto nunca demonstrou admiração, carinho ou alguma ligação especial com a mãe. Será que ele a culpava pela violação do seu corpo? Pelo estupro do seu espírito? Pela depreciação do seu cadáver? Ele viveu sem a figura materna. Sem o suposto amor infinito. E sentiu falta de ter que matar alguém que não fosse a si próprio. Será que foi por isso que escreveu que "mulheres e judeus não são seres morais e racionais"? Que o abuso o ligou doentiamente ao seu pai? Que teve que se matar para colocar um fim ao seu sadismo e ao seu desejo? As questões do corpo e da alma nunca estão desvinculadas dos escritos.

E assim cresceu Otto, com uma aflição que não conhecia. Desde novo, possuía um talento especial para as humanidades e matemáticas. Lógica e argumentação. Aprendeu a falar e ler em grego, latim, francês, inglês, italiano e norueguês. E sempre quis espalhar suas ideias, mesmo polêmicas, ousadas e intempestivas. Já aos 16 anos escreveu um tratado sobre os adjetivos gregos. E tentou inutilmente sua primeira publicação. Tinha urgência de viver, de pensar. De fugir do convívio com seus pais.

Apesar do brilhantismo precoce, não era bem-visto na escola. Sempre discutia e enfrentava seus colegas e professores. Não aceitava as normas, as regras e os caminhos pré-delineados por alguma doutrina inútil e irracional. Não gostava de autoridade, de rigidez, de ter que acatar ordens, sobretudo vindo das mulheres. Sofria constantemente por não se encaixar no meio em que vivia. Em casa, era severamente punido pelo sexo do pai e pelo silêncio da mãe. Mas mesmo assim aprendeu a prosseguir.

Ele chega, então, à faculdade, e resolve estudar filosofia e psicologia. Assiste a aulas em diversos cursos e sustenta a união indissolúvel entre corpo e mente, crença divergente e conflituosa com as teorias da maioria dos catedráticos da época. Ele conhece os trabalhos do famoso pesquisador da época, Krafft-Ebing, e começa a incorporar as ideias antissemitas de ódio, desprezo e das doenças mentais mais frequentes em judeus. "São todos loucos, sem dúvida." Ele compreende a crueldade do pai. E isso lhe causa um grande incômodo, mas uma motivação extra para se dedicar à pesquisa. Sua alma passaria a experimentar tormentos incríveis. E é nesse momento que ele reflete pela primeira vez sobre a "questão judaica" e a sexualidade. Temas que nortearão seus trabalhos e o levarão ao seu ato último. "Maníacos sexuais", praguejava Otto, reprimindo os próprios desejos.

## 4.

Ele tinha um único amigo: Hermann Swoboda. Sobre Otto, Hermann uma vez escreveu: "Ele sempre queria discutir questões filosóficas nas festas que frequentávamos. Ele era, em suma, um pensador apaixonado, o protótipo de um pensador." Otto era um intelectual inflamado. Um excêntrico cientista. Um garoto prodígio inteiramente devotado ao desvelamento do ser. Das questões universais. Do erotismo. Mas ninguém conhecia seus mais profundos pesadelos.

Ele não tinha outros interesses, somente os grandes problemas universais e filosóficos lhe chamavam atenção. "Eu nunca o vi lendo um jornal", lembra com um sorriso debochado o amigo Swoboda. Mesmo com seus amigos, Otto não conversava nada além das questões que julgava importantes. Por isso se empenhou tanto em produzir algo excepcional. Sublime. Inédito. Mas ninguém esperaria que surgisse uma obra tão polêmica, absurda e surreal. E que, por ela, ele tenha sido obrigado a se matar.

Em 1900, os dois amigos partem para o IV Congresso Internacional de Psicologia, na França. Um evento importantíssimo, no qual Otto exibe ideias em que "convidou os psicólogos a não rejeitar a reflexão em prol da experimentação, mas sim a enriquecer o pensamento, combinando-o criteriosamente com procedimentos experimentais". Ele quer unir razão e prática. Filosofia e pragmatismo. Ele quer romper barreiras. Estimular a verdadeira pesquisa do intelecto. Da essência kantiana. Seu objetivo é o de afrontar e discutir os dogmas dessa comunidade científica que ainda estava engatinhando. Além disso, Otto, ao propor a supremacia da razão em detrimento ao empirismo, estaria encontrando um abrigo para os próprios monstros. Os próprios temores e recalques. Um alívio para seu dilacerado corpo. Mas suas ideias não são bem aceitas no congresso. Ninguém o compreende. Ninguém lhe dá o crédito merecido. "Razão, meus colegas, a razão acima de tudo!", gritava, sem sucesso.

Depois do congresso, Swoboda começa a fazer análise com Freud, então um jovem e desconhecido médico, mas que já havia publicado *Interpretação dos sonhos* e *Estudos sobre a histeria*. Durante as sessões de Swoboda, Freud menciona sua teoria acerca da bissexualidade. Swoboda se surpreende. Considera essa hipótese interessante e chamativa. Corre para contar ao amigo Otto sua recente descoberta. Ele então relata detalhadamente toda a questão levantada por Freud. Que há, sim, desejos universais e reprimidos por todos. Que ele, o amigo, não é o único que vive esses dilemas. Que ele não está sozinho: pode aceitar sua sexualidade.

Otto se sente profundamente ofendido pelo assunto. "De onde você tirou essa ideia?" Ele sofre, recusa aceitar essa monstruosidade que Swoboda e Freud dizem. Resolve escrever compulsivamente sobre isso. Começa a perder a razão. Essa ideia da época, de que todos são essencialmente bissexuais, e que talvez uma relação homossexual desperte esse lado "proibido" em qualquer ser humano, sensibiliza e enfurece o jovem pensador. "Será que meu pai estava mesmo certo? Aquilo que fazia comigo era para o meu próprio bem?"

Ele se sente acolhido novamente pela humanidade. Volta, talvez, a pertencer. Ele, que viveu a dor do abuso e que agora sente desejos quase incontroláveis por pessoas do próprio sexo, encontra um pequeno conforto para sua agonia. A partir daquele instante, tudo o que Otto sentia e reprimia começou a fazer sentido. A compreensão seria a cura para sua loucura? Para seu corpo? Para sua alma? Não. Estava tudo errado. Seu pai era mesmo um maldito. Seu pai e toda sua cultura. Sua inquietação nunca adormece, não tem mais nenhuma faísca de razão.

Ele começa a desenvolver sua teoria. Surge o seu abominável e precioso trabalho: *Sexo e caráter*. Seus olhos brilham, seu intelecto se alvoroça, seu corpo encontra consolo. Porém, temporariamente. Até ele finalizar sua obra. Até ele concluir a mais ousada das teses.

5.

A questão da sexualidade estava em voga na época. Arthur Schnitzler, Karl Kraus, Egon Schiele e, claro, Freud, já teorizavam sobre essas questões. A sexualidade era considerada o "território simbólico" para se discutir a questão da identidade, da irracionalidade e da própria razão. Mas havia, também, uma luta subterrânea em torno da questão e da ciência judaica. Alguns pesquisadores queriam inserir o judeu na humanidade. Atestar que não existiria diferença entre as supostas raças. E que a ciência valeria para todos. Já outros pensadores desejavam provar indubitavelmente a periculosidade e a inferioridade judaica. A ciência forneceria provas incontestáveis da involução do mundo se permitisse a assimilação do judeu.

Em 1901, Otto, ainda se prendendo a alguma razão, se aproxima de Freud com um manuscrito "Eros and Psyche: A Bio-Psychological Study". Ele queria o aval e a recomendação de Freud para publicação. Porém o psicanalista não gosta da abordagem desse jovem, agora com seus 21 anos, e não o indica para publicação. "O mundo busca por evidências, não apenas por pensamentos", diz Freud acerca da teoria, que julgou inconclusiva. Freud queria evidências empíricas e

Otto apresenta apenas um estudo teórico estruturado. Eles discordam, discutem e se afastam. "Como você não enxerga isso, Freud?! Está escancarado."

Otto desaba. Sente o desgosto da rejeição. Sofre. Somatiza. Detesta a si próprio. Detesta tudo o que se tornou. Acredita que Freud não deu a devida atenção ao seu sublime trabalho. Que Freud está cego, buscando doentiamente apenas a pífia comprovação empírica para a psicologia. Ele, Otto, almeja e sonha com a superioridade do espírito. Da completude. Do sagrado. Dá valor à essência de Kant. Ao amor pela razão pura. À filosofia suprema. Otto desmistifica Freud, mas fica emocionalmente abalado. Ainda tenta escrever. Segue acreditando que a escrita, o juízo e a filosofia desvelariam os grandes e verdadeiros problemas da psicologia do ser. Porém não consegue mais fugir, está mergulhado em sua depressão. Revive diariamente as tardes que passava com o pai.

Outro tema começa a lhe interessar. Será que buscava alguma fuga ou expiação? Apaixonado por Richard Wagner, ele reflete sobre o judaísmo, as crenças e a cultura que seu mestre na música muito discutiu. Interioriza toda a doutrina racial sobre a vileza do judeu perpetrada por Wagner. Começa a admirar profundamente quem desmerece o judaísmo e isso inquieta ainda mais sua alma. "Mesquinhos e pedófilos", gritava aos prantos no escuro de seu quarto.

Ele reflete sobre as constantes rejeições que sofre. Sobre a solidão que vive. Sobre os pesadelos que o impedem de dormir. Começa a acreditar que se encontra nele mesmo toda a razão dessa degradação. Ele conclui que havia seduzido o pai. Que é o único culpado de toda a comiseração humana.

O antissemitismo de Otto precisa ser colocado no contexto da crítica cultural alemã e de tudo que ele absorveu. Para uma parcela nada pequena da população, os judeus, na época, simbolizam Mammon, o falso e perigoso deus, que seria visto como o culto desmedido ao dinheiro, à ganância e à ostentação. Isso seria muito almejado pelos judeus e hipoteticamente desprezado pelos germânicos. O povo semita era considerado a maior ameaça ao espírito superior alemão e até os judeus convertidos corroboravam com essa ideia. Esses judeus não sabiam que, para o inimigo, eles também seriam eternamente judeus, mesmo sem traços fisionômicos notáveis ou respeito algum às tradições. Essa crença do circunciso desprezível renasceu com grande força no século XIX. Os escritos de Wagner, Chamberlain e Kraus acusavam os judeus de inimigos da cultura alemã. Otto abraçou essa visão odiosa na sua tese, e na sua decisão final.

## 6.

Weininger reduziu a mulher somente à sexualidade ardilosa. Uma aberração da natureza. Ela não teria nenhuma outra função ou razão para existir, apenas espalhar sexo e volúpia (e nem isso faria bem). Algo vil, baixo e miserável. Concluiu que, se sua mãe tivesse saciado sexualmente seu pai, talvez ele não tivesse, por direito, sido sodomizado.

Já o homem, imaginava Otto, privilegiado pelo intelecto superior, teria a possibilidade da genialidade. De trabalhar o espírito e atingir a gloriosa razão pura. "A mulher, resumidamente, não tem uma vida consciente; já o homem tem sim uma vida consciente, porém o gênio tem a mais consciente e plena das vidas." Assim ele desenvolve suas polêmicas ideias, que, apesar de serem multidimensionais, seriam fundamentalmente uma tentativa de construção de um indivíduo do sexo masculino ariano. E da negação da autonomia e da subjetividade da mulher. Crenças aclamadas pelos nazistas, já que também podiam ser estendidas ao judeu.

Ele então se perde ainda mais. Está transtornado. Desiludido. Devastado. A loucura começa a se apoderar de sua mente. Dedica-se ainda mais a comprovar a inferioridade da mulher e do judeu. "Vil, vil, vil. Prostituta. Puta judia", sonha repetidamente com a mãe. Sua racionalidade está deformada. Sua paixão cega sua ciência. Começa a criar teorias absurdas. Todo seu empenho sagrado por uma filosofia magistral é perdido em meio a páginas e páginas de ódio. Ele se detesta ainda mais.

Ele vê depravação e animalidade no sexo. Agora detesta o pai e culpa a mãe pelo silêncio complacente. "Crápulas." Reconstrói o asco e a depravação do sexo oral que era obrigado a praticar e receber.

Resgata uma crença antijudaica acerca da libidinagem desviada desse povo. De acordo com essa ideia, o judeu seria o grande especialista nas práticas de sexo oral: *annilingus, fellatio* e *cunnilingus*. Isso associava os judeus à sujeira e ao excremento do mundo. Também ao culto fetichista pelo olfato — *renifleur* — dessas regiões pútridas. Ele escreve sobre tudo isso, resgatando outras teses antissemitas elaboradas por Horkheimer, Adorno, Rubenstein, Grosser e Halperin. Ele sente repulsa por si, pelos seus cheiros, pelo odor do falo do pai.

Otto está próximo do entendimento. Próximo, bem próximo, da compreensão falseada de sua grande descoberta. Ele compra uma pistola e a encara como um repouso para seu transtorno. Sente um desejo sádico pela arma, e pela possibilidade da morte. Ele se recorda dos impulsos mais íntimos, dos medos e do passado traumático, e sente náuseas. Ele se dá conta de que sentia prazer ao ser violado. Que gozava durante o *annilingus*. Que gostava da visão do espelho ao ser sodomizado. E não consegue aceitar. A culpa está nele. A culpa é dele. E só ele é capaz de pôr um fim em tudo isso.

## 7.

Otto está perdido. Está consternado com suas ideias e constatações. Ele ainda tenta fugir de si. Fugir do seu fracasso como ser humano, pensador e judeu. Logo depois de ter concluído seu doutorado, e publicado seu trabalho, Otto se converte ao protestantismo. Ele se ilude e se evade. Acredita que pode ser acolhido por outro mundo ao livrar-se oficialmente de suas origens. Ele se converte com uma tentativa inútil de encontrar uma salvação. "Abracem-me. Acolham-me. Eu não quero morrer."

Ele já havia discutido a ideia de conversão com o pai, dois anos antes. Mas Leopold havia desestimulado esse gesto desesperado de Otto. Ele não enxergava sentido algum em tentar abraçar uma religião que detesta o judeu e toda a tentativa de assimilação. Ele, o pai, está descrente em relação ao futuro do filho, mas não encontra outro caminho senão aceitar as escolhas e as falsas certezas de Otto. Leopold até então não tinha notado nenhuma excentricidade no filho, nem quaisquer inclinações religiosas. Compreende que a alma de Otto está atormentada, mas não é capaz de fazer nada. Otto pretendia se converter também por razões práticas, já que no Império Habsburgo os judeus poderiam obter certas regalias se fossem convertidos para a religião oficial do Estado. Ele ainda almeja um futuro brilhante para si.

A conversão de Otto ao protestantismo em vez de ao catolicismo, no entanto, sugere outras razões. Muitos judeus escolheram essa conversão como um gesto de lealdade luterana à cultura do norte da Alemanha. A classe média judia em Viena estava imersa na cultura germânica. Vários intelectuais austríacos judeus haviam abraçado o protestantismo, uma forma de atestar o amor supremo à cultura alemã. Para Otto, essa conversão simbolizaria a formalização de sua fidelidade à grande "nação espiritual de Kant" e, também, a uma dupla negação do seu judaísmo.

Mas obviamente nada disso serve para acalmar seus monstros e suas dores. Nada lhe trazia paz e tranquilidade. Nada conseguia libertar seu corpo e sua mente dos infindáveis fantasmas e pesadelos que sempre o acompanhavam. Devastado e desesperado, ele se corta, se perfura, se açoita durante dias seguidos. "Kant. Kaaaant", vocifera, mas ninguém o socorre.

E o pânico se instaura em seu ser. Ele está decidido. Vai se matar. Não pode mais viver uma existência banal como essa. Sonhou ser gênio. Ser idolatrado. Ser purificado. Atestar a supremacia do intelecto em detrimento do mundano. Mas não conseguiu. E a culpa é somente dele. Do seu corpo e do seu ser.

Ele escreve suas últimas conclusões. Não quer deixar nenhuma lacuna neste mundo. Envia uma carta comunicando e justificando seu fim: "Sou um assassino. Por isso, devo me matar!". Sim, ele se julga um homicida. Um assassino de Deus. Da moral. Da razão. Um deicida. Um judeu abjeto. Um homossexual desprezível. Ele, apesar de não poder acreditar nessas coisas absurdas, acaba interiorizando tudo isso. E não consegue mais suportar. Propõe a si mesmo um caminho: "Há três possibilidades para mim: a forca, o suicídio, ou um futuro tão brilhante que nem eu mesmo ouso conceber." Ele já não tem mais futuro. Não tem mais esperança. Não tem mais desejo.

Também não espera que ninguém vá enforcá-lo. Ele precisa ser forte, ser homem, ser superior e realizar o que agora comprova ser a atitude mais honrosa e lógica para si. O suicídio lhe parece doce e saboroso. Ele se recorda das veredas de sua vida. Tentou ser brilhante. Tentou fazer a diferença. Idolatrava esse caminho: "A universalidade é a marca distintiva de gênio. Não existe essa coisa de gênio especial, de um gênio somente da matemática, ou da música, ou até mesmo do xadrez, mas somente um gênio universal. [...] Essa teoria de gênio excepcional, segundo a qual, por exemplo, supõe-se que um gênio musical deveria ser um tolo em outros assuntos, confunde a questão do gênio com a questão do talento. [...] Há muitos tipos de talento, mas apenas um tipo de gênio que é capaz de aprimorar qualquer tipo de talento e elevá-lo."

Ele almejou ser o mestre supremo da filosofia psicológica que concebeu. Buscava a aceitação e a aclamação de todos. Mas não conseguiu nada disso. Ninguém lhe dá crédito algum. "Eu sou um fracasso total. Um judeu desprezível. Um ser inferior." Apesar de ousado, rebelde, prodígio, nunca encontrou lugar algum neste mundo, que ia se fechando gradativamente para a existência do judeu. Mesmo tendo acatado as ideias preconceituosas de sua amada sociedade, a barbárie vindoura de Auschwitz estava mais que evidenciada. E ele não poderia escapar.

Depressão. Confusão. Dor. Ódio. Otto parte para uma viagem à Itália tentando escapar do suicídio. Mas ele retorna ainda mais deprimido. Passa cinco dias com os pais buscando qualquer coisa que o impeça de se matar. Ele gostaria que sua constatação lógica estivesse errada. Mas infelizmente não está. Ele se despede dos pais e eles permanecem atônitos, como sempre foram na vida. Otto os odeia ainda mais.

Ao sair da casa que lhe desperta terríveis lembranças, aluga um quarto na casa onde Ludwig van Beethoven tinha morrido. Chega lá no dia 3 de outubro e escreve novamente para o pai e para o irmão Richard contando que vai se matar. Será que procurava alguma espécie de alento? Um último carinho? Um único ato de compaixão? Sim, mas ele não aceita esse sentimento inferior. Ainda busca a genialidade, mesmo através da morte.

"Chegou a minha hora", reflete com alegria e sofrimento. Ele namora a arma que lhe trará o tão sonhado descanso. Ele a olha, acaricia o próprio rosto com ela. Brinca com o revólver. Sente tesão. Esfrega o cano em seu ânus. Aponta para o espelho. Encara o poder que está prestes a subjugá-lo. Ele está finalmente feliz. "Eu te amo, Otto."
    Ele atira em seu peito. Sente o prazer do sangue escorrendo pelo seu corpo. Não sente dor. Nem remorso. Nem saudades da vida que não teve. Ele se engana, e por isso encontra uma paz inventada.
    Está enterrado em um cemitério protestante, como queria. Ele se matou desejando apenas matar seu pai. Peter Gay, biógrafo de Freud, escreve: "[...] um fim melodramático para uma vida (interna) não menos melodramática".

## 8.

Seu suicídio é visto, por alguns, como uma obra de arte. Émile Zola, que descreveu tão fielmente o impulso de se matar, nunca teve coragem de realizá-lo. Zola diria que a ambição pelo suicídio seria muito mais verdadeira que o próprio ato em si. Que mesmo o suicida não conseguiria compreender a suprema força desse desejo. Assim, para ele, seu desejo era muito maior que a ação dos que se matavam. Ele seria então muito superior ao próprio suicida. Dessa forma, o instinto suicida dos grandes homens seria apenas um impulso intelectual, sublime e artístico. Talvez utópico e inalcançável. Já para Kant, o suicídio seria somente para fins filosóficos. Muito mais nobres e imponentes que a banalidade humana. Otto, o grande e o maior, talvez tenha sido o único a conseguir realizar o que Zola e Kant idealizaram. Ele se tornou um gênio após sua morte. Um gênio esquecido, amaldiçoado e louco.
    (Talvez Weininger não tenha sido de fato um gênio. Einstein, sim, foi um gênio. Kafka, Lasar Segall, Carpeaux, Burle Marx, Tatiana Belinky, Horowitz, Gilels, Heifetz, Ligeti, Kurtág, Sarah Bernhardt foram extraordinários e provocaram mudanças substanciais na evolução da humanidade. O pobre e ridículo Weininger, culpado e vitimado, prodígio e desorientado, apenas será lembrado pela sua loucura.)

Otto morreu abandonado. A sinfonia de Wagner predileta de seu pai tinha parado de tocar segundos antes do tiro. Ele tinha vislumbrado esse derradeiro momento anos antes: "O homem está sozinho no mundo, vivendo em um terrível e eterno isolamento. Não há objeto algum além dele; ele vive para nada; ele está muito longe de ser o escravo de seus desejos, de suas habilidades, de suas necessidades; ele está muito acima de ética social; ele está sozinho. Assim, ele se torna um e todos." Que o mundo perdoe e compreenda Otto Weininger. E que ele nunca descanse em paz.

# Iluminismo e insanidade

M. Bourdin, no *Boletim da sociedade antropológica* de 1863, escreveu o artigo "Idiotia e doenças mentais entre os judeus alemães", em que se podia ler a respeito dos "fatos alarmantes que assolavam o país". Segundo o autor, dados e estatísticas comprovavam que havia uma maior prevalência de psicopatologias nos judeus alemães que nos católicos e protestantes. Porém os números ainda eram mais surpreendentes do que imaginavam: "Na Bavária, por exemplo, doenças mentais tinham sido encontradas em 1 a cada 908 católicos; 1 a cada 967 protestantes; e em 1 a cada 514 judeus." Algo catastrófico, assustador e que merecia a atenção da sociedade como um todo. O artigo dizia ainda que se nada fosse feito a Alemanha poderia vir a se tornar um "país de judeus loucos", pois a frequência desses malucos já totalizava quase o dobro da população normal.

Assim, a vontade de alguns — de que os judeus tivessem os mesmos direitos durante a Terceira República — foi considerada uma insanidade total. O desvario desse povo já estaria contaminando e envenenando até os mais nobres pensadores alemães. Eles não poderiam deixar jamais que o "cosmopolitismo judeu" se alastrasse, corrompendo a superioridade e a racionalidade do povo germânico.

De acordo com o artigo, a causa mais provável dessas doenças mentais era a endogamia judaica. Eles seriam um povo incestuoso infectando perigosamente a sociedade. Considerados "atrasados, inferiores, decadentes, pedófilos", viviam disfarçados e assimilados nas comunidades de que faziam parte e, por isso, muitos temiam se envolver com judeus e reproduzir enfermos. O artigo pedia "atenção redobrada a essa epidemia" e clamava que algo radical fosse executado.

# Grisha Perelman: o Bartleby da matemática

**1.**

Em um dia qualquer de 2010, um homem indiferente ao mundo exterior, com seus 40 anos, caminha com sua mãe, duas dezenas de anos mais velha. Eles entram em um supermercado na mesma cidade onde nasceram e foram criados, São Petersburgo. Uma cidade que muito mudou, ao se recordarem dos tempos passados e talvez gloriosos. O progresso ainda ressoa amargurado em seus olhares benjaminianos e nostálgicos.

    Ele, o filho querido, usa um gorrinho que cobre inteiramente as orelhas. Mesmo dentro do supermercado, prefere não retirá-lo por motivo algum. O uso do gorro, em dias frios, é uma regra, um axioma, uma promessa sagrada feita à mãe, ainda na tenra infância. Tem cabelo e barba compridos, despenteados e malcuidados. Unhas grandes, mas surpreendentemente limpas, diferentemente do resto do corpo. Talvez nunca as tenha cortado, salvo por alguma interferência da mãe, que continua ao seu lado na seção de laticínios. Veste um capote, velho e sujo; calças gastas e antigas; todas as peças de roupa são uniformemente da mesma cor e completamente sem graça. Os dois têm um olhar rude, um semblante duro, uma saudade dos tempos de tranquilidade.

    Lubov, a mãe, estava certa de que a matemática era a ciência, ou a virtude, mais indicada para seu talentoso filho. Ela, que não pôde dar continuidade ao sonho de se dedicar unicamente à mãe das ciências, viu no filho a possibilidade de realizar sua maior aspiração. Ela, também brilhante, não recebeu a merecida bolsa de estudos para realizar o doutoramento por ser mulher e judia. Teve que se contentar em ser mãe. E, a fim de preencher o próprio vazio, empenhou-se em oferecer a melhor formação para seu primogênito.

Grisha Perelman agarra uma marca de leite diferente da que vêm bebendo nos últimos anos. O valor impresso no vidro lhe chama a atenção: "17,29". Ele mostra à mãe e os dois sorriem. Não é preciso dizer nada para que ambos se recordem de uma velha anedota do gênio Ramanujan que, pouco antes de morrer, num hospital em Londres, foi visitado pelo maior matemático da época, G. H. Hardy. O táxi que o trouxe tinha a licença "1729" e G. H. Hardy evidenciou a insignificância desses algarismos. Ramanujan, no entanto, mesmo moribundo, teria discordado do mestre, demonstrado a beleza inata desse número: era o menor número natural representado, de duas formas diferentes, pela soma de dois cubos: $1729 = 10^3 + 9^3 = 1^3 + 12^3$. O amor pelos segredos da matemática sempre uniu Grisha e Lubov.

Os dois saem do supermercado com as compras da semana. A mãe ainda enxerga, sempre ao seu lado, aquela mesma criança metódica e apaixonada pela brincadeira de desvendar mistérios. Ela se lembra do tempo em que acompanhou o filho na primeira Olimpíada de Matemática. Sente a emoção de vê-lo, aos 6 anos, acompanhado de outros gênios precoces, mas um pouco mais velhos, resolvendo problemas cada vez mais complexos. Revive com orgulho as conquistas de ambos. Naquela caminhada de volta para casa, a mesma caminhada de todas as segundas-feiras, Grisha também rememora a derrota que teve em sua primeira Olimpíada. Não sabiam, mas esse fracasso foi crucial para a maior vitória (e a grande catástrofe) em suas vidas.

Lubov olha para um banco no meio da praça, volta seu olhar para Grisha, e exclama: "Não era aqui que você, a partir de 1973, se encontrava com Rukshin todos os dias para se dirigirem ao centro de estudos?". O filho prefere não sorrir. Não esboça nenhuma reação. Prefere não responder. Não é afetado pela pergunta nem pelas memórias da mãe. Ele, que passou grande parte do aprendizado com Rukshin, a quem considerava seu grande professor e, talvez, amigo, não responde à pergunta. Para ele, Rukshin, junto com toda a comunidade matemática, havia morrido.

## 2.

O centro de estudos de Rukshin era conhecido pelo seu brilhantismo. Não que Rukshin fosse um matemático excepcional. Não. Ele era extremamente medíocre em comparação com o padrão de genialidade russo, mas acabou se tornando um grande preparador de crianças. Do centro saíram as mais originais mentes, e os mais belos teoremas, da época.

Em 1973, Rukshin, hipocondríaco e obstinado, encontrou em Grisha o pupilo genial que sempre sonhou acompanhar. Rukshin tinha um método diferente de ensino. Em seu clube, não bastava resolver o problema, era fundamental que tudo fosse explicado. Era necessário ouvir e discorrer sobre o caminho tomado por cada um para desvendar os enigmas. Os alunos, mesmo tímidos e quase sem nenhuma habilidade social, tinham que se expor e esmiuçar os porquês de cada uma das soluções apresentadas. Além disso, cada criança tinha que ser capaz de elucidar dificuldades, erros e perguntas despertadas diante do problema. Histórias sobre os dilemas eram contadas e romantizadas. Cada um teria que ser capaz de dizer como aquele mistério se apresentava em sua vida, e como trataria de desvelá-lo. Rukshin, o guia, se enaltecia constantemente por incutir na mente de alguns alunos que a única coisa que valia a pena na vida era a matemática. Nada, nada mais tinha sentido ou razão. E assim foi a educação básica de Grisha. Desde sempre, não se interessava por nada que não fosse relacionado a essa ciência. Rukshin se vangloriava em dizer que "Grisha nunca havia se interessado por garotas como os outros adolescentes".

## 3.

Falhar. Falhar de novo. Falhar melhor. Grisha ficou em segundo lugar em sua primeira Olimpíada. Uma nova tentativa no ano seguinte também lhe concedeu a mesma posição. Ele ainda era muito novo em comparação aos outros garotos. Desapontado, prometeu para si nunca mais fracassar, não somente nas competições, mas diante dos grandes teoremas: "Não me preocupo com o segundo lugar, mas com a incapacidade de resolver todos os problemas. Não. Não há *ignorabimus* na matemática. Temos que saber tudo."

A partir daí ele decide abandonar o mundo e resolve se dedicar exclusivamente à matemática. Não que ele já não o fizesse, mas, talvez, ainda existisse alguma parte de seu cérebro tomado por outro prazer banal. Anos mais tarde, Grisha volta à Olimpíada. Sua mente já estava treinada. Seus pensamentos, inteiramente focados. "Vou resolver todos os problemas. Preciso desvendá-los." Lubov sempre o acompanhava e via em seu filho o espelho da beleza e da perfeição do idioma etéreo. Grisha, desta vez, além de ganhar o seu primeiro ouro, receberia outro prêmio: o único da história a resolver todos os problemas propostos.

Mas muito mais que excelência e perfeição, importava a Grisha a estreita ligação que ele idealizava existir entre a matemática, a ética e a honestidade. Um "delírio" platônico, como mencionava Rukshin. Esses valores, no entanto, ruíram anos depois.

## 4.

Na Universidade de Leningrado, Grisha pôde se dedicar livremente à quintessência da Matemática. Sua mente, já moldada, e seu espírito, excepcional, divagavam pelos corredores daquele, então, centro mundial de referência em ciências exatas.

As perguntas e os problemas deveriam ser respondidos e demonstrados. Essa era sua verdade. Essa era sua função. "Vocês, alunos do quarto ano, que se acham os maiorais, não conseguem nem resolver o Problema de Cauchy", menosprezou uma vez o professor de Grisha, antes de escrever a equação diferencial de Cauchy na lousa. Entretanto, naquele instante, os olhos do jovem gênio encontraram, casualmente, o olhar depreciativo e questionador do "mestre". E a pergunta foi feita diretamente ao jovem: "Você poderia me dizer a resolução desse problema?". E, se havia uma questão, deveria existir também uma resposta. E a resposta tinha que ser correta, certeira, direta. Grisha se levantou calmamente e escreveu no quadro: "Sim." E, logo depois, resolveu calmamente a equação. Sem ousadia. Sem desprezo. Sem arrogância. Como deveria ser o seu mundo idealizado.

"Mãe, preciso encontrar um problema para desenvolver minha pesquisa. Sinto que minha alma é a de um geômetra." Ele então prefere se dedicar a essa área quase romântica. Um espaço em que poucos trabalhavam na época, mas onde residiam os célebres, e os consagrados, dinossauros. Então escolhe seu mentor: Viktor Zalgaller, um geômetra com seus 60 anos e a incrível capacidade de encantar seus alunos através das 1.001 histórias relacionadas à geometria. Era assim que Grisha tinha se formado, e era assim que ele preferiria continuar trabalhando.

"Eu não tinha nada para ensinar a ele", disse uma vez Zalgaller. "Apenas lhe apresentava problemas em que algumas soluções escapavam aos olhos de todos. E ele resolvia." Era tudo tão simples. Tão perfeito. Tão preciso.

Ele então se muda para os EUA em busca de outros problemas, outros mestres, outros desafios. "Mãe, venha comigo aos EUA. Fique com nossos parentes no Brooklyn. Eu sinto que aqui minha alma será lapidada." E a mãe o acompanha. Ela teria sonhado a mesma vida.

No Instituto Courant, Grisha fica amigo de Tian. Uma amizade diferente. Utópica. Ausente. Uma amizade devotada às divagações matemáticas. Tian não o considerava um "amigo", no sentido estrito da palavra. Eles nunca conversaram sobre a vida, sobre as insatisfações, desejos e amores que todos têm. Até mesmo os cientistas. Não. Tudo era relacionado rigorosamente à matemática, e a seus problemas, histórias e conjecturas. Eles também viajavam juntos, com certa frequência, para assistir a conferências em Princeton, no Instituto de

Estudos Avançados. Onde as brilhantes mentes de Einstein e Gödel uma vez estiveram. Grisha não se importava com mitos. Buscava apenas um grande problema para solucionar. E lá o encontrou: a Conjectura da Alma.

E, pouco tempo depois, apresentou uma solução simples e elegante. Condensada. Resumida. Encantada. Chocou, pela primeira vez, a comunidade matemática. A questão pode ser formulada assim, em outra língua, em outro mundo, distante e mágico: "Let M be a complete connected noncompact Riemannian manifold with nonnegative sectional curvatures. If there is a point where all of the sectional curvatures are positive then M is diffeomorphic to Euclidian space." Mas Grisha não apenas demonstrou outro universo, pouco acessível para quase todos os mortais. Ele provou que sua alma já estava madura para problemas ainda maiores. Para a pureza de algo gigante, impossível, impensado, inatingível.

5.

E a beleza dos encontros improváveis e inexplicáveis toma seu lugar na contingência da vida. Em uma das muitas viagens de Grisha e Tian a Princeton, Hamilton estava expondo seu audacioso trabalho. Uma tentativa inicial de resolver o monstruoso problema da Topologia. A Conjectura de Poincaré.

Mas não é o problema, inicialmente, que cativa Grisha. Assistindo à aula de Hamilton, e com uma breve conversa após a explanação do mestre, ele sente a verdadeira matemática sendo praticada. Ele experiencia a humildade, o respeito, a ética e a devoção de Hamilton pelo conhecimento. Pelo mistério. Pelo segredo da língua sagrada. Apaixona-se pelo brilho de Hamilton e pela complexidade do postulado de Poincaré. Agora sim, resolvendo esse heroico problema, ele estaria mais próximo da divindade.

Entretanto, não foi só a harmonia da matemática que motivava Hamilton em suas pesquisas. Ledo engano de Grisha. Hamilton buscava a fama, a eternização, a reverência do mundo. Queria todos a seus pés. Queria ser um deus vivo. Idolatrado. Cultuado. Venerado. Hamilton, com sua imponência e arrogância, buscava a glória. E sua glória só seria alcançada se ele resolvesse, sozinho, o maior e mais ambicioso dos problemas.

Henri Poincaré era conhecido por sua inteligência, sua nobreza e sua correção em disputas. Ele era totalmente indiferente à fama e extremamente ético em relação à ciência. Sua grande conjectura, que atraiu os olhos de diversos gênios, foi postulada em 1904 e muitos acreditaram que não haveria solução. Ou que a solução viria junto com o fim dos tempos. "A simply-connected closed (= compact boundaryless) smooth 3-dimensional manifold is diffeomorphic to the 3-sphere."

Há uma sublime beleza nessa pequena tese. Infelizmente poucos sentirão seu sabor.

## 6.

"Um problema só é interessante se existe alguma chance de resolvê--lo", refletia Grisha. E finalmente a ideia aparece! A ideia para tão sonhada solução. E, graças aos muitos anos de pesquisa de Hamilton, a Conjectura de Poincaré estava bem formulada, explicitada e delineada. O problema está claro, e bem definido, e as ideias inovadoras de Grisha podem ajudá-los a explicar toda essa magia escondida.

Grisha, eufórico, escreveu para Hamilton: "Tenho uma ideia e um caminho para resolver as suas delineações do problema. Vamos trabalhar juntos." Ele aguarda, ansioso, pela resposta. Pelo convite. Pelas conversas e discussões. Por carinho. Mas nada acontece. Hamilton teria recebido o e-mail? Teria lido e se convencido de que não deveria respondê-lo? Teria desmerecido o gênio russo? Teria se amedrontado? A verdade é que ele nunca respondeu a Grisha. E o matemático resolveu caminhar sozinho na esperança de encontrar Hamilton em outro momento da vida.

E ele sabe que está no caminho certo. Seu *feeling* foi muito treinado. Sua alma já está pronta. Mas sabe também que seria necessário criar uma teoria inteiramente distinta. Um novo campo do conhecimento. E que precisaria de calma para alcançar tal proeza. Muita calma, tranquilidade e paz. E da presença e do apoio de sua mãe. Ele nunca teria isso nos EUA. Foram-lhe ofertadas diversas posições de professor auxiliar, que lhe exigiriam muitos outros afazeres. Ele se sente ofendido com esses convites. Não, ele já queria uma posição de pesquisador pleno para poder se dedicar integralmente ao mistério. Já havia provado que merecia tal distinção. Mas a comunidade matemática ainda queria mais. Pedantes e mesquinhos. E ele, então, não aceita nenhum dos infames convites para ficar. Resolve, portanto, voltar à Rússia. Seu pai e sua irmã haviam emigrado para Israel. Sobrar-lhe-iam mais espaço e mais atenção da mãe. Serão sete anos de exclusão total do mundo. Do mundo dos outros. Mas, para ele, serão sete anos de imersão completa no que verdadeiramente existe. No que verdadeiramente faz sentido. No que verdadeiramente é belo. Por sete anos Grisha serviu à matemática, serrana, bela. E a ela só por prêmio pretendia. Os sete anos de labuta do Jacob da matemática têm início. Raquel, ou a Conjectura de Poincaré, começa a ser atacada por diversas frentes. Em completo silêncio. Em total segredo. "Para tão longo amor tão curta a vida!" Sua mãe o recebe com todo carinho. Ela também será responsável pelo sucesso do filho.

"Não há *ignorabimus* na matemática. Temos e precisamos saber tudo." Hilbert uma vez conjecturou que tudo poderia (e deveria) ser resolvido. A matemática seria uma linguagem sagrada impossível à contingência. Anos depois, Kurt Gödel mostrou que há sim obscurantismo também na matemática. Não há somente dois caminhos (verdadeiro e falso) a se decidir. Há uma terceira vereda, traiçoeira, obscura, tenebrosa. Algumas equações e problemas podem conter uma solução além da própria matemática. Em um mundo metamatemático. Há a terrível prova de que não se podem demonstrar alguns teoremas. Mesmo que eles pareçam triviais. Simples. Banais. E provar que "não se pode provar" talvez seja uma afronta. Uma desonra a uma mente tão brilhante quanto a de Grisha.

Mas aí repousa a genialidade da genialidade. É preciso escolher a dedo o problema que se deseja enfrentar. O problema que se deve atacar durante uma vida terrena. O grande problema em que haveria uma solução majestosa, e possível. E foi isso que Grisha fez. Pragmático. Sincero. Certeiro. Em seu profundo silêncio, se convenceu de que nessa conjectura "a língua da divindade poderia sim ser desvendada". Tudo em tempo humano, em tempo possível. No tempo perfeito. O problema certo: a Conjectura de Poincaré! Assim, Grisha se devota a transformar uma conjectura em teorema. Sua alma se torna a matemática. Sua vida se transforma em Poincaré. Ele sonha, repetidas vezes: "A solução. Somente a solução importa." E continua devaneando assim durante todos os seus dias reclusos e solitários.

8.

Terça-feira, 12 de novembro de 2002, 5h09. Grisha levanta a mão, como costumava fazer nas Olimpíadas de sua infância quando desvendava algo. Se alguém estivesse certo da solução encontrada, um juiz confirmaria o resultado. Era um prazer indescritível. Um regozijo que justificava a vida. Um prazer que transcendia a existência. Ele levanta a mão e grita ao mundo. "Resolvi!" "Está feito!" "Está pronto!" "Está belo!" "E é só isso que tenho a dizer." E assim, de forma não usual, posta uma mensagem em um site de matemática. A que todos teriam acesso. "We present a monotonic expression. For the Ricci flow, valid in all dimensions and without curvature assumptions. It is interpreted as an entropy for certain canonical ensemble. [...] We also verify several assertions related to Richard Hamilton's program for the proof of Thurston geometrization conjecture for closed three-manifolds, and give a sketch of an eclectic proof of this conjecture, making use of earlier results on collapsing with local lower curvature bound. Best regards, Grisha." Uma alegria percorre seu corpo. O gozo, inatingível para todos os outros mortais, é experienciado pelo matemático. E ele se deita com um sorriso, até então desconhecido e inimaginável. Sua mãe está em êxtase: ela também havia vencido!

Mas a matemática é cruel. Apenas o último movimento é o que vale. Anos de trabalho e esforço de todos para que chegue alguém, genial e destemido, e dê o último passo, recebendo toda a glória da demonstração, tornando-se eterno. Por isso, muitos trabalham sozinhos e não interagem com outros por medo de terem as ideias e insights roubados. Por isso são ermitões, ascetas, sorumbáticos. Por isso vivem fugindo dos olhares, escondendo-se das perguntas, desprezando e-mails. Mas Grisha não era dessa maneira. Ele queria compartilhar a beleza da descoberta da língua sagrada. Ele aprendeu assim. Que deveria se expor, levantar a mão e explicar detalhadamente o que e como fez. E foi bastante ousado, como só um intelecto superior poderia ser. Ao submeter o resultado publicamente, se houvesse o menor erro, todos poderiam se valer de suas inovadoras descobertas, consertar algum detalhe e clamar pela resolução final, e definitiva, do problema. Por isso, muitos enviavam tentativas de demonstração de forma sigilosa, para que uma comissão avaliasse o resultado, às escuras, e dissesse se estaria certo ou não. Mas, quem pensa assim, quem teme, quem esconde, quem ludibria, nunca conseguirá resolver problemas supremos.

Grisha não se importa e expõe seu resultado. Ele tem certeza absoluta do que fez. Uma certeza que vai além da própria razão humana. Além da linguagem terrestre. Além, muito além, do próprio entendimento. Ele publica, e não se interessa com esses pormenores mundanos. Ele havia resolvido o maior de todos os problemas. Nem juízes, nem professores, nem dinossauros saberiam (e entenderiam) facilmente isso. É uma nova linguagem, um novo conceito, uma nova essência. Todos teriam que lhe dar crédito e assim se empenhar arduamente em entender o admirável mundo criado por ele. Ele espera pelo amor de Hamilton.

E o e-mail circula rapidamente. Algumas pessoas se recordam do brilhantismo do remetente. Muitos loucos, diariamente, publicam soluções esquizofrênicas para todo tipo de problemas matemáticos em aberto. Quase ninguém é levado a sério. E as demonstrações não passam de alucinações. Mas no caso de Grisha tudo é diferente. Ele já tinha provado a Conjectura da Alma. Já tinha exibido publicamente a essência de seu espírito. E a devoção do seu corpo. Sua mensagem é sim levada a sério. Um pequeno fuzuê toma conta da comunidade topológica. A vida de muitos mudaria. Alguns conseguiriam seguir outros caminhos e inventar novos problemas. Já para outros o mundo ruiria completamente. Não haveria mais desafio. E todos os anos de suas pesquisas não teriam tido sentido algum. Assim, muitos se manifestam por e-mail. E Hamilton, o maior da área, se cala.

## 9.

Tian, seu "amigo" do Instituto Courant e de Princeton, lhe escreve em frenesi: "Venha. Venha aos Estados Unidos, Grisha. Você tem que nos explicar seus resultados." Grisha e a mãe alegremente aceitam o convite e partem para o MIT. Era assim que devia ser. Ele tinha que fazer como na escola de Rukshin. Era necessário explicar detalhadamente tudo em relação ao problema e à sua solução. Todos os caminhos e descobertas até aquele momento final. Todos os sentimentos, frustrações e paixões que a Conjectura lhe infligiu.

E Grisha se sente no céu! Agora tudo seria matemática e matematizável! Ele não gosta das pessoas, mas adora as profundas, e talvez exaltadas, discussões em relação a essa ciência. Ele gosta de falar da descoberta de uma nova linguagem. E agora, retornando aos EUA, todos vão escutá-lo. Todos vão dar ouvidos à matemática: o mais importante e nobre de tudo. Assim um dia sonhara erroneamente Grisha...

E muitos também almejam entender a solução para a Conjectura, agora Teorema, de Poincaré. E conhecer o "homem" que resolveu algo tão impensado. Um rebuliço se instaura entre estudantes e jornalistas, que não têm a menor capacidade de entender o que estava acontecendo. Mas Grisha não se preocupa. Ele quer mostrar, para todo mundo e também para quem quiser ouvir, um pensamento inédito, uma nova possibilidade de imaginar a quarta dimensão, uma nova expressão da beleza.

E alguns dinossauros se preocupam com o fim do mistério. Com o fim do interesse. Com a glória do outro. Para eles, a resposta somente interessaria se fossem eles mesmos que a desvendassem. "Miseráveis", teria imaginado Grisha, se soubesse, na época, desses sentimentos vis e antimatemáticos.

Mas o sacerdote Grisha não se preocupa com nada disso. Ele aproveitou cada momento em que enfrentou o problema. Cada instante em que ele criou, raciocinou e desvelou a complexidade da Conjectura. Ele reviveu o prazer da infância, o sabor pela escalada da montanha improvável. Ele sente agora a alegria do cume tomado pela magia.

E é só sobre isso que Grisha fala nos EUA. É por isso que seus olhos brilham. E é imaginando que todos sentem o mesmo, que ele procura Hamilton na plateia. Mas não o encontra presente de alma. Para Grisha, pouco importa que tenha sido ele próprio a ter realizado tamanho feito. Há algo muito maior para uma mente como a dele.

Mas, infelizmente, o mundo e a comunidade acadêmica começam a destruir seu imaginário ideal da grandiosidade e da moralidade matemáticas.

## 10.

Hamilton, que assistiu disperso a uma das palestras de Grisha, não se aproximou dele. Não foi capaz. Grisha muitas vezes sonhou com esse encontro que nunca se realizou. Imaginou diversas vezes o sorriso e a satisfação dos dois compartilhando a resolução do mais belo problema. Vislumbrou os dois passeando na floresta, como ele fazia na infância, banhando-se no rio e conversando sobre matemática. Ele sonhou, sonhou muito, mas acabou arrasado pela falta de interesse, e o desprezo, do ídolo. Ele chora aos pés da mãe.

Grisha começou seu trabalho exatamente onde Hamilton ficou preso. Algo comum. Jovens brilhantes, um dia, encontram um problema que não conseguem transpor, e naquele instante se calam. Não, eles não se calam porque querem, porque gostam e porque idolatram o silêncio. Não. Eles se calam porque não conseguem mais falar o que tanto gostariam de dizer. Eles se calam, e morrem todos os dias, sentindo a amargura do próprio silêncio. Hamilton se calou e sofreu pela descoberta e glória do outro.

Hamilton nunca mencionou nada sobre a solução encontrada. Nunca comentou o resultado publicado. Nunca foi capaz de se encantar com a beleza transcendente da resolução e da continuidade do próprio trabalho. Sentado na plateia, ausente, pensava na própria desgraça. "Foram vinte anos dedicados a desvelar essa Conjectura, que agora se esvai. Bastardo. Tomara que tudo esteja errado e que eu possa voltar à tranquilidade da minha busca. Ao sonho da minha imortalidade. Nefasto Grisha. Abominável equação. Oxalá Deus aponte um erro nessa solução."

Mas nada disso acontece. A prova está correta e Hamilton não será imortalizado. Não pela solução, talvez somente pela inveja que deveras sente. Hamilton será apenas lembrado como um coadjuvante ciumento do sucesso do outro. E por isso, por esse sentimento mesquinho, ordinário, sovina, é que Hamilton nunca conseguiu resolver a Conjectura na qual tanto trabalhou. Seria necessário uma abstração ainda maior do mundo humano para realizar o trabalho mítico do agora inimigo.

E também foi exatamente por isso que Grisha resolveu o problema. Ele habita em outra dimensão. Em sua mente, não há nada além da matemática. Da devoção. Da entrega total.

Mas o mundo não está preparado para tanto sacerdócio. E Grisha, pouco tempo depois, prefere o caminho do silêncio.

## 11.

Por dois anos, os matemáticos escrutinam a demonstração. Tentativas inúteis de encontrar um erro. Tentativas, quase infrutíferas, de entender uma mente superior. Ao fim, dão-se por satisfeitos. O problema, que não era para ser desvendado em tempo humano, acaba de ser solucionado. Michael Friedman, detentor da

Medalha Fields — o Nobel da Matemática, que resolveu uma das particularidades da Conjectura de Poincaré, e agora trabalha na Microsoft, exclama: "É uma pequena tristeza para a Topologia. Os novos alunos não vão mais se interessar pela nossa área de pesquisa. O grande problema foi solucionado." Inveja de mentes verdadeiramente pequenas.

E um assédio avassalador oprime Grisha. Ele só estava preocupado com o postulado, não com o mundo. Sente como um insulto os convites que agora recebe para cargos de professor titular. Ele era o mesmo de antes e agora é visto de maneira diferente? Não. Não pode aceitar. Princeton havia exigido dele, anos atrás, um CV de suas publicações. "Um ultraje à matemática", refletiu Grisha na época. Agora eles insistem opressivamente para que Grisha se torne membro definitivo da universidade. "Não. Nunca mais. *Never more*. As recusas, assim como as demonstrações, são eternas. Parem de me incomodar." Ele não quer mais. Ele não resolveu o problema para isso. E ele pensa que não fez nada além de continuar com as pesquisas de Hamilton. É um insulto lhe darem todo o crédito sozinho. Sua mãe tenta convencê-lo a aceitar os convites e a glória. Mas Grisha está cada vez mais desiludido.

Toda a comunidade matemática vai a público. Matérias de jornais circulam. Seus ex-professores, em péssimas e direcionadas entrevistas, constroem um perfil adulterado e falacioso de Grisha. Uma desonra. Humilhação. Sua vida é esmiuçada. Sua paz acaba. Mentiras, muitas mentiras são contadas. Intrigas, desavenças, controvérsias.

Não há beleza na descoberta. Nem no caminho da descoberta. Há apenas uma busca ridícula, estúpida e egoica pela consagração pessoal. Assim pensa a comunidade universitária que Grisha tanto rejeita. E, além disso, muitos querem lhe roubar a descoberta. Um grupo de chineses, desesperado pela fama, publica um trabalho clamando pela solução final da Conjectura de Poincaré. Para os falsários, Grisha havia apenas contribuído para a descoberta, mas só eles teriam, de fato, demonstrado inteiramente o problema. "H.D. Cao and X. P. Zhu. A Complete Proof of the Poincaré and Geometrization Conjectures: Application of the Hamilton-Perelman Theory of the Ricci Flow, *Asian Journal of Math*, 2006." Eles agradecem o caminho percorrido por Hamilton e Grisha, mas dizem que seriam apenas eles os legítimos vencedores. E que eles deveriam receber a glória eterna. E o prêmio de 1 milhão de dólares. Mais um insulto ao ideal matemático de Grisha.

O mundo amoral começa a botar suas asinhas para fora e Grisha prefere não fazer parte dele.

## 12.

Grisha retorna à Rússia em 2004, insatisfeito e profundamente desapontado com a comunidade matemática. Tudo estava desvirtuado. Tudo havia ruído. Todo romantismo havia desaparecido. Em 2005, Grisha pede demissão de uma posição de professor que havia aceitado na Rússia. Não era apenas um pedido de demissão de seu trabalho, mas um abandono do mundo e do sonho da perfeição matemática. Sua mãe também não entende a decisão. Ela havia sido influenciada pelo assédio e pelo sonho da fama. Ela, humana, e totalmente diferente do filho, viu na solução da Conjectura uma forma de resgatar a própria vida perdida. Ela sofre, mas está ao lado do filho.

"Mas a matemática era para ser um universo à parte. À parte da corrupção, da política, da mesquinharia. À parte de tudo que não é belo, que não é perfeito, que não é universal", pensa Grisha antes de preferir o silêncio e o desespero de um novo caminho, agora sem a sustentação das estruturas matemáticas. Ele queria retornar à sua paz. Calma. Simplicidade. Mas o mundo ainda não o deixa partir.

Em 2006, ele é comunicado de que receberia o maior prêmio da matemática: a Medalha Fields. O evento de entrega aconteceria na Espanha, com a presença do rei, e Grisha é convidado para a cerimônia. Para o prêmio. Para a glória. Sua mãe não se aguenta de felicidade. Finalmente o mundo aceitou seu filho e ela. "Vamos, Grisha, vamos conhecer o rei!" Mas o filho está em outra dimensão. "Prefiro não receber a medalha. Prefiro não ir à cerimônia. Prefiro renunciar." A mãe ainda tenta, se exalta, luta para que seu filho mude de ideia. Mas ele "prefere não".

O rei, a quem Grisha não dá o menor valor, já que não resolvera nenhum grande problema matemático, também não entende sua preferência. O rei, assim como o mundo inteiro, nervoso e atrapalhado como o chefe de Bartleby, não compreende a sua escolha. E nunca vão aceitá-la. Começa o impasse, eterno, daqueles que queriam glorificá--lo, talvez por um prazer egoísta, e daquele que prefere não o fazer por uma crença mais sublime. Eles quase revivem o grande paradoxo do movimento de Zenão, na impossibilidade de compreender, e aceitar, algo tão incrivelmente surreal. Fantástico. Inverossímil. Mas é apenas no intelecto pequeno de seres banais que repousa a incompreensão da preferência de Grisha. O verdadeiro matemático, e só ele, tem consciência de que preferiu o melhor.

Grisha se recorda do grande mestre Aleksandrov: "Não estou interessado em geometria. Estou interessado na moralidade." E, se a moralidade se esvaiu, não há motivo algum para receber um prêmio monetário.

E a coisa toda ainda ficaria pior. Além da Medalha Fields, a comunidade matemática, agora encabeçada pelo Clay Institute, concede a Grisha o Millenium Prize, o prêmio de 1 milhão de dólares pela resolução da Conjectura. Eram sete problemas, talvez os maiores da contemporaneidade, que receberiam esse milhão pela solução. E todos acreditavam que nunca ninguém os resolveria. Grisha de fato resolveu. Merece o prêmio. Merece ter o nome gravado eternamente no troféu e na história da matemática.

E ele, também, prefere não recebê-lo. O instituto insiste. Envia seu presidente à Rússia para lhe conceder (impor?) o prêmio. Cartas, ligações, confusões. "Prefiro não", desconstrói Grisha. E o mundo não o entende. E Bartleby finalmente encontra seu irmão.

## 13.

Lubov continua preparando todas as refeições para o querido filho. Ela tenta, inutilmente, despertá-lo para o mundo. Como ela gostaria que o filho, e ela, recebessem a láurea, o reconhecimento e o dinheiro. Mas Grisha prefere permanecer catatônico, e ela se sente culpada por tudo isso. Ó Grisha! Ó Humanidade!

# Judeus: descendentes do incesto
## e das prostitutas

Em um estudo sobre os judeus: "Descendentes do incesto e das prostitutas", o inglês Houston Stewart Chamberlain (1855-1927) argumentava que a maturidade sexual do judeu já estaria exacerbada até nos mais jovens. Assim, em virtude da loucura e da tara sexual acentuada, mesmo a proibição humana do incesto seria praticada entre eles desde a primeira infância. Era necessário, conclamava, lutar contra essa peste.

A loucura assolava a nação. Todos conheciam um amigo que sofria da terrível sífilis e atribuíram essa culpa ao povo judeu. Eles, bruxos hereditariamente desequilibrados e, acreditavam, imunes à impiedosa doença, estariam espalhando sexualmente a loucura pela raça ariana.

Além disso, essa endogamia incestuosa era vista preconceituosamente como mais uma forma de enriquecimento judaico. Os judeus apenas se misturariam e se relacionariam com outra raça para espalhar suas enfermidades. Mas eles nunca se aproximariam do "outro" para realizar negócios comerciais e trazer lucro para alguém que não fosse da sua "comunidade". Dessa forma, calcados também nessas novas teorias científicas, continuaram a expulsar e a perseguir mais ainda os judeus.

Chamberlain morreu de uma paralisia de origem indeterminada e viveu seus últimos anos com ilusões e delírios doentios. Ninguém nunca soube de quem ele contraiu essa doença.

# Daniel Burros: o antimessias

**1.**

Ele foi um dos grandes "intelectuais" da Ku Klux Klan. Também foi fundador, filiado e militante de alguns partidos nacionalistas e nazistas surgidos na América do Norte após o fim da Segunda Guerra Mundial. Em seus fervorosos discursos, mostrava grande desenvoltura, eloquência e habilidade de coerção. Seus olhos brilhavam, sua voz se inflamava, seu sangue fervia quando discorria sobre os "detestáveis" judeus. Segundo ele, o grande problema da humanidade era a questão judaica, que infelizmente não tinha sido completamente resolvida durante a *Shoá* e, por isso, merecia ser finalizada de uma vez por todas.

Ele tinha uma extensa coleção de artigos nazistas e um fetiche especial por suásticas e uniformes militares. Fascinante fascismo. Colecionava fotos da Alemanha do Reich e dos prestigiosos mártires da guerra. Comprava no mercado negro, por preços exorbitantes, documentos assinados por Goebbels, Himmler, Eichmann e Hess, seus grandes heróis e símbolos de uma época gloriosa que devia ser constantemente evocada, jamais esquecida. Considerava Hitler o autêntico e legítimo profeta.

Ele levava consigo — com carinho mais do que especial — a maior de suas relíquias. Aquela que o fazia sempre se lembrar de seu singular propósito na vida. De seu quase incontrolável ódio e desprezo. Mas que também nunca o deixava se esquecer das origens do seu corpo e da história da própria família. Da cultura, da religião e da fé que sempre teve. Da pureza de sua infância e de ter sido o melhor aluno do rabino Appleman. Da devoção total que tinha ao mais sagrado dos livros, a Torá. Assim, com todo o amor e com toda a cólera que sentia por si próprio, Daniel Burros carregava, no bolso próximo ao seu selvagem coração, um sabão datado de 1940, com a seguinte insígnia: "feito da melhor gordura judaica".

## 2.

Danny era neto de imigrantes russos. Seu avô, Abraham Burros, pai de George, tinha nascido em Vilna e chegado aos Estados Unidos em 1886, com a esposa Harry Sunshine e a filha de dois anos. Eles haviam fugido da Rússia com medo dos *pogroms* — esses massacres sanguinolentos contra judeus — e das políticas antijudaicas empregadas pelo czar Nicolau II. Não eram judeus praticantes, não seguiam as doutrinas religiosas judaicas, não vislumbravam a vinda salvadora de um messias nem a possibilidade da criação de uma pátria que pudesse resgatá-los de toda essa perseguição. Eles também não eram mais especiais que ninguém. Outras famílias, oriundas da mesma região, e que possuíam convicções semelhantes, também vagavam pelo globo em busca de algum lugar que pudesse oferecer, ao menos, um descanso temporário para toda essa desgraça histórica. No entanto, mesmo sem nenhuma fé judaica, acabavam sendo perseguidos e assassinados simplesmente por serem judeus. Por isso decidiram largar tudo e fugir.

Daniel Burros nasceu no dia 5 de março de 1937, no Queens, em Nova York, já sentindo todo o peso da diáspora em suas costas. Foi uma criança talentosa, sensível e extremamente inteligente. Crescendo no calor da guerra, com o pai e os tios militares, sempre admirou a disciplina e a estética bélica. Sonhava com batalhas, com rebeliões e com a glória do exército que ele tanto fantasiava comandar. Vislumbrava defender uma causa, exterminar os inimigos e ser reconhecido um dia por sua extrema bondade e pela extraordinária capacidade de liderança. Mas até então tudo isso se manifestava apenas de forma lúdica e infantil.

Danny sempre foi muito próximo da mãe, Esther Burros, e muito afastado de seu pai. A mãe era muito carinhosa, muito afetiva e sempre se preocupava com a sua comida, com suas roupas e com seu cabelo penteado impecavelmente. Já seu pai era um sujeito distante, frio, desligado. Não ligava para a família nem demonstrava qualquer afeição à mulher e aos filhos. O pai tinha passado por uma experiência terrível e incomunicável durante sua participação na Primeira Guerra Mundial. Voltou para casa com a perna e as cordas vocais feridas, e quase completamente mudo, mas ninguém nunca soube o que de fato teria acontecido por lá. A família teve que conviver com o seu silêncio, sua dor e seu afastamento acobertador. George nunca acreditou em Deus, em moral, em bondade, em religião, tampouco no próprio ser humano. Algum evento traumático no front teria lhe provado que a vida não tinha sentido algum e que nem valeria a pena continuar vivendo. Ele apenas subsistiu calado e nunca se surpreendeu com os atos e com os crimes perpetrados pelo filho. Nem por toda a humanidade.

Mas Esther tinha muita fé no futuro. Tinha vontade de triunfar nessa nova pátria que tanto amava e que os acolhia. Queria que seu filho fosse bem-sucedido e que se tornasse um homem bom, ético e temente a Deus. Tinha muito amor e bastante esperança no sonho americano.

Com o patriarca da família Abraham, eles frequentavam a comunidade judaica Sons of Israel Temple, uma sinagoga que se localizava na South Ozone Park. E foi lá que Danny se encantou pela primeira vez com o ritual, com a liturgia, com as músicas, as vestes, as regras e as performáticas crenças judaicas. Para ele, aquele era um mundo mágico e esteticamente atraente. Algo que despertava um profundo desejo de pertencimento.

E Danny, então com 12 anos, e mostrando extrema aptidão e paixão religiosas, não teve dúvidas de que gostaria de realizar o seu *bar mitzvá*. Ele queria fazer parte desse povo que tanto o cativava, além de aprofundar seu conhecimento judaico. Eles decidiram se afiliar a outra comunidade religiosa — Talmud Torá, que ficava em Richmond Hill, bem próxima à casa deles — para que Danny desse início aos seus estudos.

Nesse seu curso para atingir a maioridade judaica, conviveu com o rabino Appleman. Eles acabaram se tornando muito próximos e Danny depositou nele todo carinho, amor, admiração e respeito que nunca conseguiu encontrar em seu pai. Ele abraçou a fé e a imagem do rabino em lugar da figura ausente do pai.

Eles estudaram intensamente e tiveram uma relação apaixonada. O rabino queria passar para Danny seu amor pela liturgia e pela palavra secreta, santa e superior da Torá. Eles se encantavam juntos com as histórias, parábolas, lições e a certeza da existência de Deus. Esse mesmo Deus que havia preterido o seu povo e lhes prometido terra, glória e paz eternas. Eles acreditavam, acima de tudo, nas evidências de um paraíso vindouro, mesmo lendo as notícias que começavam a circular sobre a existência dos campos infernais e do maior genocídio da história. Eles não acreditavam que algo assim pudesse ter existido, sobretudo perpetrado pela mão do admirável povo alemão. Optaram, portanto, por se refugiar nas sagas e lendas gloriosas sobre a chegada do Mashiach, o messias judeu, "breve em nossos dias". Assim, estudavam com dedicação para o grande evento da vida do jovem Danny.

Para o povo judeu, o *bar mitzvá* é um dia extremamente sagrado. É nesse instante que um filho de Israel aceita sua posição, seu ofício e seu fardo como membro desse grupo supostamente privilegiado. É nessa ocasião que a criança deixa a imaturidade para trás e atinge o seu auge de responsabilidade e compromisso com seu povo. A partir daquele momento, desde as épocas tribais, esse novo homem assume a incumbência de liderar e proteger sua nação. Danny sabia disso muito bem, e estava feliz e honrado com a chegada do seu dia.

Ele era extremamente talentoso. Com um QI muito acima da média, ele se dedicava com obstinação ao estudo da Torá e do Talmud. Mesmo muito jovem, já era capaz de criar as próprias interpretações para os textos sagrados. Discutia com afinco e paixão as diversas passagens do mais santo dos livros. Amava aquelas letras acima de tudo e queria se tornar parte do próprio mistério escondido nas combinações numéricas e cabalísticas da Torá. Mas algumas incoerências e contradições existentes na Torá sempre o incomodaram. Ele nunca pôde conceber que seu Deus pudesse cometer alguns erros. "É impossível, rabino, é impossível que haja alguma inconsistência na Obra. Cada letra, cada suspiro e cada espaço é divino e perfeito. Todo o passado, presente e futuro estão gravados aqui. Amém."

3.

Danny frequentou as rezas, os grupos de estudos e os encontros que ocorriam na casa de Appleman durante oito meses após o seu *bar mitzvá*. A verdade é que o jovem estava mais apaixonado pelo rabino do que pela própria religião. Ele gostava da convivência familiar, dos filhos, da esposa e do acolhedor lar de Appleman, que sempre o recebia carinhosamente. "A família é um dos atributos de Deus. E eu encontrei a minha família de coração. Deus seja louvado." Assim, ao se dedicar com perseverança à religião, mais próximo ele ia se tornando do rabino, e mais amor ele recebia dessa nova família. Danny nunca revelou seus sonhos mais secretos. Até fez questão de esquecê-los, mas sempre desejou ter seu corpo santificado pelo rabino.

Entretanto, Appleman tinha outros filhos para criar e o salário que a comunidade lhe pagava era muito ruim. Ele verdadeiramente tinha certeza da vinda do messias, da chegada do Éden, da vitória do bem sobre o mal, mas mesmo assim precisava assegurar não somente a fé de sua família, mas também o seu sustento. Appleman acabou recebendo uma ótima oferta para se tornar o rabino da comunidade de Long Island. Ele não titubeou; sabia que aquele seria um passo importante na sua carreira. Além de poder esperar a chegada do Mashiach com seus filhos, agora com mais tranquilidade financeira, ainda vislumbraria outros desafios e poderia tocar mais corações, já que essa nova comunidade era muito maior.

Assim, o rabino Appleman resolveu deixar esse trabalho e o pequeno Danny para trás. Imaginava que a fé do garoto não seria abalada pela sua saída. "Na alma desse jovem já repousava o amor pelo judaísmo." Porém, aquele foi um golpe que Danny nunca superou e que determinou sua saída desse mundo religioso. "Ganancioso. Amaldiçoado. Traiçoeiro. Onde foi parar sua fé?"

**4.**

Danny foi crescendo inteiramente imerso nesse outro mundo inventado após a *Shoá*. Ele convivia com alguns sobreviventes dos campos e nunca apreciou enxergar as suas expressões, as suas lamúrias e as suas tristezas. Ele, por ignorância, e também por um sentimento desconhecido que ia evoluindo, desprezava essas pessoas julgando-as fracas e inferiorizadas pelo poder do outro. "Porque não lutaram? Porque não se rebelaram? Fracos. Cumplices. Inúteis", maldizia em silêncio. Ele não poderia ser covarde, triste e melancólico aceitando sem lutar o destino imposto a seu povo. Era um guerreiro, um soldado, um mártir disposto a morrer brigando. Precisava encontrar seu caminho, sua luta, e passou a encarar esses "incapazes" como seus inimigos. "Judeus se tornam genuinamente antissemitas como uma tentativa de resgatar um suposto poder perdido, fugindo da imagem desse 'judeu fraco' que teria se deixado abater." Ele infelizmente acabou se identificando com o agressor do próprio povo.

Anna Freud, psicanalista como o pai, havia observado as brincadeiras de muitas crianças judias que viveram nos campos nazistas. Elas acabavam se identificando com os nazistas, mesmo tendo consciência das torturas e dos crimes cometidos pelos alemães. Uma tentativa de fugir dessa suposta fragilidade e da deterioração que sentiam: "Ao se identificar com o agressor, a criança busca resgatar o senso de poder perdido. Mas também é constatada uma fragilidade psíquica nas vidas dos judeus que se tornam antissemitas."

Aqueles mortos-vivos, os sobreviventes que viviam no bairro de Danny escancaravam a fragilidade e a subserviência ao antigo e também ao novo mundo. Despertavam-lhe um ódio e um sofrimento jamais experimentados. Ao encará-los, sentia-se inferior, despedaçado, despido de alma e certeza. Assim, com o passar do tempo, Danny inventou que toda a fraqueza e toda a tristeza que sentia eram fruto de seu judaísmo, de seu povo e de suas antigas e desprezíveis crenças. Ele viu no outro, no opressor, a força que tanto desejou possuir. Fantasiou que os perpetradores não sentiam remorso, martírio ou medo algum, e era exatamente assim que ele gostaria de existir.

Então se viu obrigado seguir o caminho do outro e se tornar o mais genuíno dos nazistas, dos antijudeus, dos antissemitas. Ele teria a vantagem de conhecer o inimigo intimamente, com uma competência muito maior que todos os teóricos. E com mais raízes e certezas até que o notável "especialista" Eichmann. Ele se transformaria no verdadeiro, único e legítimo anti-Mashiach. "Vocês me pagam!"

## 5.

Danny estudou no John Adams, um colégio público que aceitava alunos da vizinhança. Não havia um ensino formal religioso e todas as crianças eram aceitas, independentemente de suas crenças.

Sempre gostou muito de esportes, sobretudo os mais competitivos e os que despertavam mais ira e paixão. Em 1954, durante um intervalo das aulas, Danny jogava beisebol com seus colegas quando começou a brigar com um antigo amigo da comunidade Talmud Torá. Um ódio diferente começou a circular em seu corpo. Ele gostou dessa adrenalina, desse tesão, desse fervor que percorria as veias e que lhe mostrava um novo sentido para sua pobre existência. À medida que espancava seu companheiro, mais e mais júbilo sentia. Saboreava uma satisfação incomum e acabou se viciando nesse novo prazer. Ao fim da luta, com o corpo de Lloyd Goldstein estendido no chão, Danny gritou o que viraria seu novo hino, seu cântico dos cânticos, sua recriação da obra de Wagner: "Jew bastard" — bastardo e maldito judeu.

Esse sentimento antissemita era vivenciado por muitos jovens durante aqueles tempos pós-guerra, sobretudo nos bairros mistos. Na periferia de Nova York, onde viveu, Danny e seus colegas eram constantemente xingados de "Jew boy", "Jew bastard", "Ikey" — merdinhas bastardos. Se o garoto fosse ousado, ele gritava de volta "Dirty mick" ou "Guinea bastard" — irlandês miserável e sujo — e saía correndo. Danny nunca foi capaz de refutar os insultos, apenas escutava e refletia sobre todos esses xingamentos e, na primeira dessas muitas brigas, fez das palavras e sentimentos do agressor as suas.

Apesar das excelentes notas, do vasto conhecimento filosófico e literário, e de sua rebuscada retórica, Danny decidiu não ir para a universidade. Segundo ele, esse era o caminho dos "covardes e execráveis judeus". Ele se convencia, através do ódio que alimentava, de que não tinha nenhuma característica ou herança judaica. Tudo era uma grande invenção e ele tinha que realizar algo prático e glorioso para se livrar dessa desgraça que uma vez habitara seu corpo.

## 6.

Inspirado pelo sangue que derramou, sua loucura, ou a sua iluminação, tem início. Ele começa a colecionar compulsivamente artigos nazistas. Em seu quarto, prega uma enorme foto de Hitler. Ele só anda com uma camisa vermelha, com uma suástica na frente. Lê todos os livros antissemitas que encontra e aceita a ideia de uma raça ariana superior. Ele se sente ariano: tem pele clara, olhos azuis, cabelo loiro e um corpo forte. Ele encontra um motivo para viver: reconstruir o exército do III Reich e acabar de uma vez por todas com a aberração sionista. Substitui a prece judaica mais sagrada — o Shemá Israel — pelo Horst Wessel Lied, o hino do partido nazista.

Ele admite que existe um complô judaico para tomar o poder do mundo. Sabe que a maior vitória dos nazistas foi a criação dos campos de extermínio, mas entende que deve negar esse marco para desmoralizar o povo judeu. Sustentando a tese de que a *Shoá* tinha sido a maior das invenções judaicas para conseguir criar o deplorável Estado de Israel, ele já não se lembra que um dia foi judeu.

Em 12 de agosto de 1954, Danny se alista na Guarda Nacional e vai fardado ao colégio. Usar uniforme lhe trará uma enorme alegria e um grande sentimento de poder. Ele sente o fascínio pelo fascismo, o tesão pela perversão. A partir daí, ele se masturba diariamente, sodomizando homens e rabinos vestidos com trajes nazistas.

Esse seu fascínio e o estímulo sexual pelo uniforme e pelo exército podem ser encontrados também na literatura. Sylvia Plath, em "Daddy", escreve: "Toda mulher adora um fascista/ A bota pisando no rosto, o bruto/ Bruto coração de um bruto como você." Daphne Merkin, autora da antologia *Dreaming of Hitler*, diz que o flerte com a estética fascista "aponta para uma atração sexual subvertida". Susan Sontag, em seu ensaio "Fascinante fascismo", sugere a relação entre força bruta e sexualidade: "Para os nascidos após os anos 1940, o fascismo representa o exótico e o desconhecido." Danny teria desejado o "erotismo sexual" vestido de ódio.

Assim, entusiasmado com a possibilidade militar, Danny se alista no Exército americano. Lá ele permanece por pouco mais de três anos e é dispensado. Ele havia imaginado que seria feliz e aceito por todos. Que poderia dar vazão à sua cólera e aprimorar suas técnicas militares. Que poderia dar início ao seu projeto de extinção do povo judeu. Talvez o Exército seja o único lugar que acolhe, de braços abertos, todos os loucos, depravados e psicopatas, mas Danny era ainda mais perturbado e complexo que todo o sistema militar.

Ele não se adapta. Não gosta de receber ordens, odeia a todos e não concorda com a nova lei que aceita a entrada de negros no Exército. Ele não consegue realizar seu sonho de matar. Está deprimido e frustrado.

Tenta, então, se suicidar pela primeira vez. Corta os pulsos. Mas são cortes muitos superficiais e ele apenas recebe uma licença. Porém, depois de recuperado, ainda tenta se matar outra vez, agora ingerindo uma grande quantidade de aspirinas. Deixa um bilhete de despedida: "Tomei vinte compridos de aspirina. Considero uma dose fatal. Estou tirando minha vida, pois não tenho motivos para viver. Eu tinha esperança no retorno do nazismo, mas vejo que não há mais possibilidade. Não há mais perspectiva do retorno triunfante do Nationalsozialistische Deutsche Arbeitpartei [NSDAP]. Sigo rumo ao meu Führer Hitler, *Der Grosse*. *Sieg Heil*. *Heil* Hitler." Danny é um fracasso até para se suicidar.

Ele é avaliado por um psiquiatra: "Declaro que este é o relatório do exame neuropsiquiátrico de Daniel Burros, RA21964144. Após um cuidadoso exame, o diagnóstico encontrado é de uma profunda instabilidade emocional manifestada pela inabilidade de encarar o estresse do trabalho. Além disso, Daniel Burros possui impulsos suicidas e não consegue controlar sua ansiedade. [...] Psicologicamente falando, esse homem é essencialmente imaturo e engajado em fantasias infantis. [...] Em minha opinião, o soldado não é louco, já que possui a capacidade de discernir o certo do errado e é mentalmente responsável pelos seus atos." Após o diagnóstico de sua "instabilidade", ele é expulso do Exército. Essa rejeição também aumentaria sua raiva. Ele culpa o "complô judaico" por sua dispensa e pela constante perseguição que sofre.

## 7.

De volta à sociedade, realiza diversos e insignificantes trabalhos. Por onde passa, espalha sua fúria. Todos os seus colegas de trabalho o enxergam como o mais fervoroso antissemita que já conheceram. Ele só usa camisas com suásticas, e botinas e calças justas, como se estivesse sempre preparado para uma guerra. A polícia de Nova York já começa a conhecer sua fama nazista, da qual ele muito se orgulha.

Ele cria o próprio partido: American National Socialist Party (Partido Nacional Socialista Americano). Ele espalha através de cartas e panfletos a sua "palavra" e sua teoria de ódio. Ele tem uma linha argumentativa e persuasiva muito coerente, consistente e lógica. A composição e a estrutura de seus textos muito se assemelham às discussões do Talmud e da Torá, de que tanto participou quando jovem. Ele não sabe disso, mas sua retórica nazista é a mesma retórica rabínica.

Ele troca cartas com nazistas de todo o mundo. Fica feliz e honrado quando recebe respostas de ex-combatentes alemães. Ele quer se libertar do que considera a "doutrina do fraco" encontrada nos odiosos grupos minoritários: religiosos, mulheres, negros, homossexuais, asiáticos e, sobretudo, nos judeus. Mas sua cólera é demais até para os mais extremistas. Certa vez, ele faz uma doação para John Kasper, um conhecido racista que mantinha uma livraria, em Washington, especializada em literatura antissemita. A carta de Danny era tão abominável que o próprio Kasper devolve o dinheiro da caridade dizendo que esse ódio era "demais" até para ele.

Em 1960, Burros descobre que a sede do Partido Nazista Americano fica em Arlington, Virgínia. Ele começa a fazer visitas regulares a esse local. Lá vivia uma dúzia de nazistas que produziam e espalhavam publicidade antissemita por todo o país. Ele gosta da ideia de pertencer a um grupo mais estruturado e arranja um emprego na Câmara de Comércio dos Estados Unidos em Washington, ficando mais perto dessas pessoas que compartilham um pouco de seus sentimentos.

Danny faz seu pedido formal para se tornar membro do Partido Nazista. É aceito com louvor e realiza seu juramento com toda devoção: "Na presença do grande espírito do universo e de meus leais companheiros, eu juro lealdade a Adolf Hitler, o líder filosófico da luta do homem ariano por um futuro ideal, e contra as forças ateístas e materialistas do marxismo e do suicídio racial [...]." Nesse partido ele passa a ser conhecido como "a-number-one jew-hater": aquele que mais odeia os judeus.

Ele apresenta a seus colegas o seu plano secreto de extermínio e tortura do povo judeu. Desejava aprimorar o projeto de extinção desenvolvido por Eichmann e para isso concebe a sua "obra de arte contemporânea": a máquina de tortura. Essa máquina consistiria em um piano cujos fios estariam ligados diretamente aos nervos dos judeus. Uma vez tocada qualquer uma das teclas, o judeu receberia um potente choque. Ao se contorcer em função da dor, realizaria movimentos descoordenados, incontroláveis e esteticamente belos: uma obra de arte. E, no frenesi final, o judeu padeceria tornando a sua morte, e seu sofrimento, uma questão artística e sublime. Danny sonhava tocar nesse piano uma obra de Wagner, conectando todos os judeus ainda vivos a esses fios, o que lhe permitiria colocar um fim majestoso e extraordinário a toda essa danação judaica.

## 8.

O líder do Partido Nazista ao qual Danny se filiou chamava-se George Lincoln Rockwell. Seu "quartel-general" era sustentado por doações de direitistas americanos e também de nazistas de todo o mundo. Essas instituições que pregavam o ódio e a discriminação eram legalmente aceitas e endossadas pela Primeira Emenda da Constituição Americana.

Danny e Rockwell tinham uma relação complexa. O líder do Partido Nazista era mais razoável e muito mais tranquilo que o novato. Ele queria difundir as suas ideias ao redor do mundo, e ser reconhecido por sua qualidade intelectual e seu brilhantismo político-teórico. Já Danny queria colocar seu plano de extermínio em prática. Ele queria matar judeus com as próprias mãos, não somente ficar no plano platônico proposto por Rockwell.

Rockwell escrevia muito e assim justificava sua motivação contra o judeu: "A resposta inicial ao enigma judaico é que os judeus são insanos. A raça judaica é paranoica. Esse povo doente deve ser combatido antes que arrastem com eles o mundo para o buraco." Quem seriam os loucos, afinal?

Eles eram observados constantemente pelo FBI e pela Liga Antidifamação da B'Nai B'rith, os Filhos da Aliança. Sempre recebiam visitas de supostos interessados, mas acabavam descobrindo que muitos deles eram apenas espiões desses grupos. A vida de Danny começava a ser investigada e esmiuçada sem que ele soubesse.

Devido a vários distúrbios da ordem, e por terem entrado em várias brigas, sequestros e torturas de alguns judeus que passavam perto de seu acampamento, a justiça finalmente consegue colocar a mão em Rockwell, Danny e em alguns outros membros do partido. Eles passam algum tempo na cadeia, mas acabam sendo liberados e voltam à ativa.

## 9.

O novato tinha um melhor amigo no grupo: John Plater. Juntos resolvem criar uma revista a fim de escrever e divulgar as verdadeiras ideias que compartilham. Eles se afastam de Rockwell e buscam uma teoria mais requintada sobre a "inferioridade da raça judaica".

Em sua primeira publicação, Danny escreve o artigo "A importância de matar", sugerindo que o homicídio seja uma "necessidade fisiológica". Acredita piamente que "o homem precisa matar para avançar. Os inimigos da raça branca têm tentado destruir a evolução da raça superior". O judeu seria o maior adversário da evolução humana.

Danny buscava constantemente se livrar de suas origens semitas, apesar de ainda continuar visitando os pais no bairro judeu e de sempre se encantar ao ver uma Torá. Em 1962 o livro escrito por Francis Parker Yockey, *Imperium*, apresenta uma tentativa de justificar "histórica e racionalmente" o racismo. Parker considera o "ser judeu" uma atitude diária e uma filosofia de vida, não apenas algo adquirido somente em função do nascimento. "No Ocidente, estamos familiarizados com pessoas que, depois de se associarem aos judeus, lerem sua literatura e assimilarem seus pontos de vista, realmente acabam se tornando judeus no sentido mais vasto do termo. Eles abraçam a fé e a crença, apesar de não terem o 'sangue judeu'. Esses seres desprezíveis devem ser combatidos com extremo rigor."

Danny se emociona com esse livro. Agora tem certeza de que, mesmo com o sangue judeu correndo nas veias, sua atitude diária, paixão e luta confirmam a nova fé. Ele passa a atuar com mais devoção ao nazismo. "*Heil* Hitler. *Heil* Hitler", grita por onde passa.

## 10.

Mas ele já estava cansado de coisas pequenas. Queria mais. Vislumbrava alcançar mais pessoas e criar um exército onde pudesse colocar em prática seu plano de extinção. E o destino lhe ofereceu a alegria de conhecer Frankhouser. Em julho de 1965, Danny vai à primeira reunião do Ku Klux Klan.

Ao chegar ao evento, se espanta com as treze mil pessoas fervorosas que encontra. "Aqui é meu lugar", exclama com imensa felicidade. Ele, que estava acostumado a reuniões com menos de vinte pessoas, vê naquele mar de gente o verdadeiro paraíso. Finalmente teria encontrado seu exército messiânico pronto para a guerra do fim dos tempos.

Frankhouser convida Danny a se juntar ao movimento. Mesmo maravilhado e encantado com essa possibilidade, diz que não poderia se associar a eles, pois não tinha fé em Cristo, condição necessária para fazer parte da KKK. Mas Frankhouser convence Danny de que poderia se aproximar de Jesus para realizar algo maior, mais sagrado, mais importante. Danny, completamente fascinado com o "exército", aceita o convite e faz o juramento-conversão apadrinhado por Frankhouser e sua esposa.

Ele se encaixa perfeitamente no movimento. Lá pode compartilhar seu ódio e propagar suas ideias. Eles têm muito dinheiro e muita influência, e Danny acaba se diferenciando pela inteligência, dedicação e empenho. Algum tempo depois recebe o honroso título de Grand Dragon de Nova York e passa a ser considerado o grande "intelectual" da KKK.

Mas ele começa a chamar muita atenção. Os grupos extremistas enfim se tornam um grande problema na sociedade americana. Apesar de serem legalmente admitidos, o governo começa a prestar mais atenção a essas pessoas e associações.

Um dos agentes que trabalhava para o Serviço de Inteligência começa a investigar as atividades e origens do Grand Dragon Daniel Burros. Ele vai ao bairro onde seus pais moram e entrevista longamente os parentes e os amigos da família de Danny. Ao descobrir que Esther e George tinham se casado em uma sinagoga, e que Daniel tinha feito *bar mitzvá*, o agente se surpreende, mas prefere guardar essa preciosa informação para algum momento mais oportuno. Esther, ao saber da desconfiança do agente, fica aterrorizada, já que conhecia as atividades subterrâneas do filho: "Esqueça isso. Não conte a ninguém. Pessoas vão morrer. Não escreva isso no seu relatório." Ela também suplica: "Diga a meu filho que você conseguiu essas informações de outra forma. Eu não te disse nada."

O investigador então vai se encontrar com Danny e lhe conta suas descobertas. Danny em cólera, se descontrola, mas o investigador diz que não tem motivo algum para espalhar seu segredo. Mas o questiona: "Se a Alemanha Nazista tivesse ganhado a guerra e invadido os EUA, você também não estaria condenado às câmaras de gás?" Ele responde: "Eu teria me juntado às forças armadas *Wehrmacht* e me tornado um importante agente secreto. Eu teria sido um verdadeiro nazista. Eu não teria deixado nenhum judeu vivo." "Mas suponha que os nazistas tivessem descoberto que você fosse judeu." Danny responde com regozijo: "Existiram alguns ótimos nazistas que eram judeus."

Furioso e com medo, Danny se dedica cada vez mais às atividades da KKK.

## 11.

Em outubro de 1965, sua origem é finalmente revelada. Alguém do Serviço de Inteligência teria compartilhado a informação com a B'nei Brith. Eles fazem uma ligação anônima para o jornal *The New York Times*, que começa a investigar essa fabulosa história. Os olhos dos editores brilham: um dos líderes da KKK e membro de vários partidos nazistas era judeu! Sensacional!

O jornal escolhe a dedo quem conduziria a investigação e escreveria a matéria. Decidem por McCandlish Phillips, que já trabalhava havia treze anos no jornal e que tinha uma vocação investigativa e literária. Ele era conhecido como o "escritor" do *The New York Times* pela qualidade e precisão dos textos.

Mas Phillips ainda tinha uma característica que contribuiria, e muito, para o trágico desfecho da história de Daniel Burros. Era um homem extremamente religioso, um fundamentalista cristão que tinha "renascido" pela revelação de Jesus Cristo. Sempre andava com a Bíblia no bolso ou ao alcance da mão e rezava todos os dias em louvor do Senhor. Sua vida e profissão eram devotadas à celebração da vitória de Cristo sobre o mal.

No dia 22 de outubro, Phillips começa a investigar a história. Envia telegramas para Washington a fim de confirmar a informação de que Daniel Burros era de fato judeu. Liga para a escola onde Daniel havia estudado e começa a procurar por colegas e amigos de infância. No dia seguinte, decide seguir Daniel e o surpreende quando entrava no ônibus. Nesse primeiro encontro com o membro da KKK, Phillips escreveria na sua matéria: "Ele era um homem com a cabeça quadrada, pescoço grosso, encorpado, pálido e parecia angustiado. Também tinha um nariz grande, bochechas rechonchudas, e uma corcova." Ele, mesmo sem saber, e sendo um homem de Deus, pintou a caricatura de um judeu, com todos os seus atributos preconceituosos.

Ele então aborda Danny, se apresenta e diz que gostaria de escrever uma matéria sobre a KKK e um de seus prestigiosos líderes. Danny se espanta e responde que não tem nada a dizer. Phillips o acompanha até sua casa e deixa um bilhete com seus contatos. Alguns dias depois, sem receber resposta, envia um telegrama, mas também sem retorno. Mas ele sabia que Danny iria a um encontro da KKK e resolve aparecer na região. Encontra-o no barbeiro e propõe um café. Danny finalmente aceita.

Phillips conta a Danny das suas descobertas, mas não menciona que sabia que ele era judeu. O jornalista vai relatando a vida de Danny, suas lutas, suas crenças, seus ideais. Os olhos de Danny começam a brilhar. Ele tinha um fã, imaginou. Alguém que desvendara sua alma e que, de alguma forma, admirava sua devoção de tantos anos a uma causa que julgava importante. À medida que Phillips ia contando a história romantizada de alguém apaixonado, e que havia dedicado uma vida a uma luta inglória, Danny ia se comovendo: "Cara, fantástico!". Conversam bastante sobre a democracia americana, sobre os trabalhos nos diversos partidos de que Danny fora membro, sobre a Segunda Guerra Mundial e sobre a questão judaica. Danny exprimia calorosamente suas convicções e Phillips tomava nota de tudo.

Mas, ao fim da entrevista, o "escritor" faz um breve e malicioso comentário: "Há somente uma única coisa que não se encaixa em toda essa nossa conversa. Eu não consigo entender. Seus pais se casaram numa cerimônia judaica no Bronx realizada pelo rabino Bernard Kallenberg, é isso mesmo?" Até esse momento a conversa estava leve e descontraída. Danny admirava o repórter e estava feliz em poder divulgar suas teorias. Mas, naquele instante, o semblante de Danny muda. Fica aterrorizado, entra em pânico e começa a gritar: "Filho da puta! Você vai escrever isso? Se você publicar essa informação, eu estou fodido. Todos os meus amigos, todas as minhas associações, tudo por que lutei nos últimos sete anos estará destruído."

Danny está transtornado e começa a ameaçar Phillips. Diz que tem ácido na bolsa e que vai matá-lo naquele momento. Phillips se assusta, mas como tem grande fé no seu Salvador Jesus Cristo, e se acha um profeta que deve espalhar a palavra do Senhor, respira fundo e propõe a Danny que aceite Jesus naquele exato instante, sendo perdoado imediatamente por todos os pecados do passado. "Qualquer homem que tenha Cristo é uma nova criatura; os erros do passado são perdoados e você se torna um outro homem. Amém."

Mas, sem saber, foi nesse momento que o crente assassinou o infiel. Danny era de fato fraco e psiquicamente perturbado. Além disso, levou uma vida experimentando constantemente ódio e discriminação. Não conseguia pertencer a nada. Todos o viam como um estrangeiro ou alguém que precisava mudar e se adaptar. E ele havia enterrado tudo, assimilado todas essas ideias terríveis e finalmente encontrado seu caminho ao se transformar num legítimo antissemita. Mas aquelas palavras de conversão, de ter que aceitar um Deus que não era dele, fizeram com que ressurgissem todas as suas dolorosas memórias. Ele sentiu de novo a dor da infância, quando era xingado de judeu bastardo, de assassino, de bruxo, de maldito. Constatou que não fazia parte de nada. A proposta de aceitar outra coisa para poder continuar vivendo se tornou ainda mais terrível naquele momento.

Phillips continuava: "Livre-se de seu ódio. Aceite de coração a palavra de Deus. Grite e abrace o nosso Senhor Jesus Cristo. Se você o fizer agora, pode ter certeza de que Ele cuidará de todo o resto."

Danny está possesso. Seu sonho, seu sacerdócio e seus anos de dedicação estão prestes a ser destruídos. Aniquilados. Ele foge, desesperado, para casa. Ao chegar, liga para Phillips, mas não o encontra. Deixa um recado ameaçador. "Filho da puta. Filho da puta. Desgraçado. Se você publicar essa matéria, eu acabo com vocês. Vou explodir o prédio do jornal." Minutos depois, em prantos, faz outra ligação: "Por favor, eu imploro, não conte a minha história. Vamos fazer um acordo. Eu sei de casos de outros membros que são bem mais interessantes e tenebrosos que o meu. Eu sei de rituais de magia negra, de orgias e de estupros de pessoas conhecidas na sociedade. Por favor, esqueça minha história." Ele desliga, mas não sabe o que vai acontecer. Ele precisa fugir e se refugiar de si próprio.

Phillips está em êxtase. Esse furo de reportagem é "ouro puro" e ele precisa publicar essa matéria com esplendor. Também imagina que Danny, no último minuto, vai aceitar Cristo como seu salvador e poderá dar seu testemunho para outros hereges. Phillips acredita que uma mente perturbada como a de Danny só poderá encontrar paz ao amar Jesus Cristo acima de tudo. Ele tem certeza de que está fazendo um bem para a humanidade.

## 12.

Danny, fugindo do mundo, sai da sua casa e vai desesperado à casa de Frankhouser. Ele começa a gritar: "Desgraçados. Desgraçados. Desgraçados. Acabou para mim. Vou explodir o prédio do *The New York Times*." Frankhouser não entende o que está acontecendo e tenta acalmá-lo. Mas Danny está muito nervoso: "Um filho da puta de um repórter do *Times* investigou minha vida e descobriu algo terrível. Não posso continuar vivendo." Frankhouser não entende, mas fica com medo de que algo de grave aconteça. Ele tenta acalmar Danny, que continua gritando: "Tenho que matar Phillips. Philips, aquele religioso de merda. Aquele bosta que fica me falando para aceitar Jesus. Vou matá-lo. Não, não, não. Ele não pode escrever isso."

Danny pede a Frankhouser uma arma. Ele precisa matar Phillips e colocar um fim nisso antes que seja tarde. Mas Frankhouser não lhe dá a arma. Danny ainda está descontrolado e diz que precisa matar alguém: "Me diga quem você quer que eu mate, amigo, que eu matarei. Eu mato qualquer judeu filho da puta, por você e pela KKK. Eu mato até o presidente." Frankhouser tenta acalmá-lo: "Temos que pensar em ações políticas, não em violência." Mas Danny está certo de que o homem precisa matar: "Cala a boca, Frankhouser. Chegou a hora de uma intervenção militar. Temos que matar. O início da nossa glória começou." E nesse instante Frankhouser brinca: "Calma, meu amigo. Gostamos de você como é. Te aceitaremos mesmo que seja um maldito homossexual ou judeu. Tudo vai se resolver."

Danny se espanta com o comentário de Frankhouser. Como ele havia cogitado um absurdo desse? Como ele poderia imaginar isso? Ele não teria feito tudo, tudo direitinho para esconder essas malditas coisas? Ele, gay e judeu, como poderia suportar essas abominações em seu próprio corpo? Ele vomita na casa de Frankhouser, que não entende o que se passa. Tem nojo de si próprio. Amaldiçoa Frankhouser ao sair de sua casa: "Filho da puta. Filho de uma puta judia." Mas agora ele já não se importa com nada. Infelizmente, amanhã o jornal publicará seu segredo e ele estará arruinado.

Ele se arrepende, volta em prantos e implora a Frankhouser que lhe dê uma arma apenas para se defender dos inimigos e promete que vai se tranquilizar. Frankhouser diz que vai deixar a arma lá no porão, em caso de necessidade. Danny desmaia. Está exausto. Ainda faltam algumas horas para a notícia ser publicada.

Ao acordar, está mais calmo. Tem certeza de que não é judeu, e que ninguém vai acreditar em nada. Janta na casa do amigo. Danny fica imaginando como será a reportagem do jornal. Ele não sabe o que pensar, o que sentir e como poderá viver. Desespera-se novamente e faz uma última ligação ao *Times* ameaçando Philips: "Vou matar você e toda a sua família de filhos da puta."

Danny retorna para casa. Tem um sono agitado. Sonha que está no Paraíso e que ele é o líder de um exército nazista. Todos têm respeito e admiração por ele, mas ele não se sente confortável com a situação. Algo está errado e ele não sabe muito bem o que é. De repente encontra o rabino Appleman, acaricia sua barba e lhe dá um beijo na boca. Sente uma forte ereção e se afasta abruptamente, e com muita raiva, do rabino. Quando o olha novamente, enxerga a figura transfigurada da professora de hebraico dizendo que ele deveria se esforçar mais para aprender a língua sagrada. Discute impiedosamente com a professora, falando em alemão. Ele se vê apaixonadamente proferindo o discurso de Himmler em Posen, chamando Auschwitz de "ânus do mundo" e vociferando pelo extermínio dos judeus. Olha ao redor dessa cena e vê seus colegas de infância e seus amigos da KKK atentos ao que ele fala. Mas percebe, também, que sua mãe está na sala de aula com um olhar reprovador. Corre para seus braços, chora como uma criança, pede perdão e se sente finalmente acolhido no colo dela. Ele encontra a paz tão almejada. Então dorme profundamente e não se lembra mais de seus pesadelos.

O despertador toca. Oito da manhã. Ele vai à banca de jornal mais próxima e compra o *Times*. Está nervoso e, a cada página que passa, ódio e angústia aumentam. "Vou matar aquele desgraçado do Phillips." E ele folheia o jornal todo e não encontra nada. Está aliviado e também desiludido. Queria que algo acontecesse, mas não sabe muito bem o que desejaria. Volta para casa, e Frankhouser e sua esposa estão ansiosos esperando por ele e por notícias. Ele diz que nada foi noticiado, e todos riem de sua paranoia. "Você deve ser judeu mesmo", sorriem.

Eles tomam um café descontraído, falam sobre os novos planos da KKK e sobre uma importante reunião que teriam naquele dia. Danny ainda está um pouco desconfiado e diz que talvez amanhã saia alguma coisa no jornal. Mas Frankhouser e sua esposa não lhe dão mais crédito. O dia transcorre normalmente e à noite eles vão todos à conferência.

Danny resolve trajar uma roupa diferente. Ele sente que algo vai acontecer. Veste um robe vermelho com suásticas e usa suas botas preferidas, que supostamente teriam sido de um general da SS. Todos enxergam seus olhos brilhando, sua moral inflamada e têm a certeza de que ele é especial. Ele faz um discurso inspirador e convoca uma guerra santa. É chegada a hora de colocar um fim aos impuros. "Temos que matá-los, temos que exterminá-los, temos que limpar a nação dessa praga." Ele se sente o escolhido, o ungido, o preferido de Deus para liderar o Armageddon.

Todos voltam para casa. Danny está feliz e realizado, mas ainda aflito com as possíveis notícias no *Times*. Coloca o despertador para o mesmo horário e, quando acorda, compra imediatamente o jornal e lê finalmente a reportagem tão amedrontadora: "Líder da KKK esconde segredo de sua origem judaica".

Ele está desesperado. Revelaram seu segredo. Está diante daquilo que mais detesta. Ele se vê como um abjeto, como um "bastardo judeu", um porco imundo, um deicida, uma pessoa que não merece viver. Mas ele tem certeza de que não é nada disso. O mundo está errado. Ele não tem origem judaica. E também não carrega nenhuma culpa.

Descontrolado, volta para casa e exige que Frankhouser lhe dê a arma. Todos na casa se espantam com o desequilíbrio de Danny. Ele está suando, não consegue parar de se movimentar, começa a quebrar os móveis à procura da arma. Ele grita: "O maldito jornal diz que sou judeu. Filhos da puta. Tenho que fazer algo. Preciso matar o Philips." Frankhouser e a esposa tentam segurá-lo, mas ele consegue se esquivar e desce ao porão em busca da pistola: "Tenho que colocar um fim a isso tudo", grita, desesperadamente.

Os três estão no porão e Danny finalmente vê a arma calibre .32 na mesa. Ele a segura e sente um enorme prazer no poder que agora tem. Frankhouser e a esposa tentam argumentar logicamente sobre a inutilidade da violência. Eles também são líderes da KKK, mas apenas teóricos. Incitavam os outros a usar a força física contra os negros, mas não eram capazes de fazer nada. Estão apavorados, temem que algo lhes aconteça e preferem se esconder da mira de Danny. No momento em que são realmente encarados pela morte deixam de lado toda a merda ideológica que abraçavam, e buscam somente se proteger. "Não faça nada conosco, Danny. Não faça nada com você. Abaixe essa arma."

Mas Danny está transtornado. Não há nada a fazer. Ele grita "*Heil* Hitler! *Heil* Hitler! *Heil* Hitler! Vida longa à raça branca" e desfere o primeiro tiro em seu peito. O sangue escorre lentamente e ele sente o seu calor. Ele goza. Está matando o primeiro judeu. Algumas lágrimas de alegria e tristeza escoam de seu rosto, agora mais calmo e sereno. Instantes depois, sentindo ainda o prazeroso entusiasmo, ele estufa o peito, lambe e esfrega no rosto o seu sabão "feito da melhor gordura judaica", esbraveja "*Heil* Hitler!", aproxima a arma da cabeça e executa o tiro final. Daniel Burros está morto.

Ironicamente, naqueles segundos antes de perder a consciência, Danny rezou o "Shemá Israel", a reza mais sagrada e de redenção pela alma judaica. Teria ele encontrado algum deus nesse derradeiro instante?

## 13.

"Com seu suicídio, Burros colocou um fim à sua miserável e triste vida", noticiou o jornal antissemita *The Storm Trooper*. O repórter ainda redige um delicado estudo sobre a insanidade judaica: "O episódio Burros nos mostra a loucura desse povo conhecido como 'judeus'. Apesar dos judeus, como grupo, serem parte da grande família branca, eles são um povo marginal com uma afiliação distinta e uma enfermidade mental que os afastam da família branca. Os judeus são atormentados por sintomas de paranoia: ilusões de grandeza, delírios de perseguição. Eles acreditam que são 'o povo escolhido de Deus' e sempre reclamam do aumento da discriminação. Danny Burros foi o protótipo do desafortunado e psicótico judeu. Compreendeu sua insignificância e corretamente se matou."

Ao ser informado do suicídio de Danny, Phillips lamentou, mas disse que apenas buscava a salvação dessa alma perdida.

A mãe de Burros recebeu com muita dor a notícia e o fim catastrófico do filho. "Ele era um menino tão bom. Nunca havia se metido em nenhum problema. Tudo começou depois que ele foi para o Exército." Ela ainda tem em casa duas fotos emolduradas de Danny: uma tirada em seu *bar mitzvá* e outra durante o seu juramento na KKK.

**14.**

Ninguém chora por sua morte. Ninguém aguarda o retorno do anticristo.

# Fliess e Freud: teorias e loucuras brilhantes

O que é ciência? O que pode ser comprovado cientificamente? Fisiologicamente falando, seriam os judeus uma espécie diferente, antiga e ultrapassada?

Fliess, correspondente de Freud, charlatão, médico e louco, fez algumas proposições interessantes. Segundo o otorrinolaringologista, cuja tara era o nariz, havia uma estreita relação entre as vias nasais e a genitália, além de uma correspondência entre períodos menstruais masculinos e femininos. Sim, períodos menstruais masculinos! E, para curar os problemas e as depravações sexuais judaicas, Fliess acreditava que bastava cuidar da saúde do nariz, intimamente ligado a essas perversões. A conhecida "neurose nasal reflexa" era uma psicopatologia que precisava ser tratada.

Fliess também queria provar a existência da menstruação masculina. Segundo ele e uma crença popular na época, os judeus menstruavam pelo nariz através de uma "secreção ocasional sangrenta". Teorias conspiratórias? Surrealistas? Impossíveis? Nem tanto, já que o seu amigo e seguidor Sigmund Freud abraçou a ideia. Freud, no entanto, tentou demonstrar que essa menstruação era encontrada em toda a raça humana, não sendo prioridade judaica. Ele sempre desejou provar a universalidade humana, livrando os judeus, ou qualquer outro povo, de características exclusivas.

Até Freud somatizou os sintomas menstruais descritos por Fliess: "Querido Wilhelm, minha autoanálise é, de fato, a coisa mais essencial que tenho no momento e promete transformar-se em algo do maior valor para mim, se chegar a seu término. A meio caminho, ela parou subitamente por três dias, nos quais tive a sensação de estar amarrado por dentro (algo de que os pacientes tanto se queixam) e fiquei realmente desolado, até que descobri que esses mesmos três dias (há 28 dias) foram portadores de fenômenos somáticos idênticos (sangramento pelo nariz). A rigor, apenas dois dias ruins, com uma remissão entre eles. Deve-se extrair disso a conclusão de que a menstruação não é conducente ao trabalho. No quarto dia, pontualmente, a análise recomeçou. E claro que a pausa teve também outro determinante: a resistência a algo surpreendentemente novo. Desde então, voltei a ficar intensamente preocupado com ela e mentalmente rejuvenescido, embora atormentado por toda sorte de pequenos distúrbios provenientes do conteúdo da análise." Até os gênios assimilam as ideias dos loucos.

Teorias insanas e absurdas foram levadas a sério. Hipóteses acerca da loucura, da demência e da neurastenia judaica apareciam cada vez com mais frequência nas pesquisas pseudocientíficas, e Freud e Fliess acabaram aceitando algumas dessas ideias. Talvez até tenham tido, de fato, ciclos menstruais.

# Bobby Fischer: um personagem duplo do Kawabata

**1.**

Em 11 de setembro de 2001, Bobby Fischer, o ex-campeão mundial de xadrez, e talvez a mente mais brilhante que esse esporte intelectual já conheceu, dá uma entusiasmada entrevista a uma rádio das Filipinas: "Que notícia maravilhosa. Já era hora de os malditos americanos terem suas cabeças chutadas. É hora de acabar com os EUA de uma vez por todas!". Alguns já conheciam suas excentricidades e seus questionamentos. Já sabiam das suas crenças infames e das suas absurdas criações. Mas ninguém nunca esperaria uma declaração dessas do ídolo americano, sobretudo num momento tão comovente para o mundo.

Bobby, ainda em frenesi dias depois da destruição das Torres Gêmeas, envia uma carta aberta ao novo "amigo": "Caro sr. Osama Bin Laden, gostaria de me apresentar. Sou Bobby Fischer, campeão mundial de xadrez. Primeiro de tudo, gostaria de dizer que compartilho seu ódio pelo Estado bandido e assassino de Israel e pelo seu principal patrocinador, os EUA, esse país controlado pelos judeus, também conhecido como o 'Jewnited States' ou 'Israel do Ocidente'. Nós ainda temos algo a mais em comum: somos ambos fugitivos do sistema terrorista de 'Justiça' americano." O que teria levado o grande mestre do xadrez a fazer essas declarações? De onde teria nascido todo esse rancor? Como entender a mente, iluminada e maluca, desse judeu americano, que foi símbolo e herói de uma geração?

## 2.

Bobby Fischer foi uma criança aparentemente normal. Sorria, brincava e se relacionava com todos à sua volta. Era carinhoso, educado e muito divertido. Gostava da presença da mãe e da irmã, mas sempre sofreu com a ausência do pai na sua criação. Onde estaria ele? Por que seus amigos do colégio tinham, ou aparentavam ter, uma família estruturada, e ele não contava com um pai para brincar? Por que sua mãe trabalhava e chorava tanto? O que ele fez para que sua família fosse assim?

Bobby vivia à sombra dessa culpa, desse peso nas costas, dessa dor pela busca infindável do olhar do pai, que nunca encontrava. Ele também percebia o sofrimento nos olhos da mãe, sempre distante, sempre triste, sempre cansada. E isso lhe doía demais. Essa dor era tamanha que, ainda muito novo, teve que encontrar outro mundo para se refugiar do olhar faltoso dos seus pais. Foi quando, aos 5 anos, conheceu e se encantou pela sutileza e pela completa alienação da arte do xadrez. Seu mais sério delírio. Sua mais forte paixão.

Sua mãe padecia da angústia e do dissabor da diáspora. Ela era descendente de judeus russos poloneses que chegaram à América, fugindo dos *pogroms*, em busca de um sonho enigmático. Ela, erudita e genial, cursara medicina em uma das mais prestigiosas universidades em Moscou e falava sete línguas fluentemente. Supunha ter um futuro brilhante pela frente. Almejava fazer parte da sociedade, da cultura e da alma de sua cidade. Mas infelizmente nunca pertenceu ao seu país. Nunca foi aceita. Foi perseguida e ameaçada como toda a população judia que, ou ousava permanecer nesse país que sempre os olhou como estrangeiros, ou fugia para qualquer outro lugar onde fantasiavam ser acolhidos. Assim, era ficar na Rússia e muito provavelmente morrer, ou partir apostando na sorte e no destino. E, em virtude da irrupção de mais ondas de perseguição aos judeus no início da década de 1930, ela decide fugir. Chega à América ainda com convicções socialistas.

Ela e seu grupo de pensadores sonhavam com um mundo que a religião não teria importância alguma. Não haveria distinções de classes, credos e cultura. Todos seriam iguais, membros de uma única raça humana. A questão judaica deveria ser esquecida, já que todos seriam igualmente aceitos num modelo ideal. E ela lutou por esses ideais, mas acabou sendo castigada por algo de que nem acreditava fazer parte. Uns eram, de fato, mais iguais que outros e ela teve que aceitar e partir.

No novo lar, teve de se contentar em apenas sobreviver. Agora como uma cidadã estrangeira, com outra história, língua e cultura. Uma mulher, ex-estudante genial de medicina, que tinha que se submeter a qualquer trabalho para se sustentar.

Aterrissou com a filha, Joan. Havia se casado com o alemão Hans-Gerhardt em Moscou, mas ele nunca pôde entrar nos EUA. Em 1942, quando chegou aos EUA, estava grávida de Bobby. Na certidão de nascimento, Hans-Gerhardt figura como o pai da criança. Dessa geniosa criança que nunca saberá ao certo quem foi seu pai. Mas que sonharia por anos em conhecê-lo.

Sua mãe, na chegada à América, reencontraria o físico húngaro com quem teve um caso antes de Hans. Paul Nemenyi era judeu, também da diáspora, e era o pai biológico de Bobby. Também um pai ausente, como o alemão que registrou a paternidade.

## 3.

Aos 5 anos sua irmã, por brincadeira do destino, ganha um tabuleiro de xadrez da loja da esquina onde moravam. Ela se surpreende com o olhar e o interesse do irmão. Ele compreende que está diante de um reino fantástico, onde a sobrevivência de reis, rainhas, bispos e cavalos só dependeria de seu esforço. Ele se dá conta de que a alegria, segurança e diversão daquele reino são de sua inteira responsabilidade: nada de externo ou contingente poderia acontecer naquele cenário. Aquele novo jogo de extrema magia e fantasia torna-se uma obsessão e fonte de profunda alegria daquela sensível criança. Seria aquela a única forma de ele se alienar da realidade? Da perseguição? Da discriminação? Da falta de um pai? Da mãe, médica, Ph.D., poliglota, que constantemente se humilhava e se rebaixava para poder dar o que comer aos filhos? Bobby estava diante de um novo mundo com bilhões e bilhões de novas possibilidades. E toda a glória e o êxtase só dependeriam de sua engenhosidade.

Com o passar dos anos, o mundo de Bobby se torna o xadrez. Ele procura livros, partidas, oponentes do seu nível. Só pensa nisso. Todas as noites, ele se vê em uma das sessenta e quatro casas do seu paraíso. Ele sonha que está conversando alegremente com o bispo, discutindo a melhor posição da torre, montando e apunhalando o cavalo e brincando de passar rasteiras nos peões. Ele se apaixona pela força, virtude e onipotência da majestade. Ama perdidamente a única figura feminina do mais arrebatador dos jogos. Ele deseja a dama, a rainha, a magia dessa nobre mulher. Dessa peça fundamental do jogo, e da sua vida. Mas sabe que, eventualmente, e não sem dor, terá que se privar dela. Terá que sacrificá-la para ganhos maiores.

Ele se consubstancia com a fragilidade do rei. Essa peça grande, máscula e ridícula, que, ao ser morta, representa o fim do jogo e da vida. Essa figura pífia, que se movimenta sempre com medo e que precisa ser protegida por todos os outros do tabuleiro. O rei, assim como seu pai, sua pátria, seu povo, é extremamente débil e limitado. Mas ele tem, a qualquer custo, de salvaguardá-lo. Ele tem um sonho recorrente: nunca se aproxima do monarca, por mais que o deseje. Sempre o observa com um olhar distante e, se o rei o encara, foge o olhar. Ele sabe que tem de matar o rei inimigo, e tem de defender o seu próprio soberano, apesar da raiva, do ódio e da submissão que sente por ele.

Ele começa a sonhar acordado com o xadrez e sua mãe — preocupada com a obsessão e a alienação de Bobby — leva-o a um psiquiatra.

O médico, ignorando a grandiosidade e o perigo desse jogo, comenta: "Há muito mais coisas com que se preocupar do que com o xadrez. Fique tranquila." Terrível engano. Não há mais nada no mundo com que se afligir além do xadrez.

A mãe aceita essa mentira, já que ela não tem tempo para o filho. Ela precisa trabalhar, e muito, para assegurar o futuro da família. Ela se ilude, mas sabe que o destino deles está condenado por esse jogo.

Aos 8 anos, Bobby assume a responsabilidade de ser o melhor. Ele conta ao mundo sua decisão: "Serei o mais novo e mais genial campeão mundial de xadrez." Ninguém, exceto sua mãe, lhe dá crédito. Ele é ousado, arrogante, estúpido, porém um prodígio. E, poucos anos depois, sua previsão se realizará, para o espanto e o encanto do mundo.

## 4.

Aos 13 anos, ele já mostra sua incrível audácia, sua aguçada técnica e sua desmedida genialidade. Numa partida contra o mestre do clube local, ele sacrifica a rainha. Aquela que tanto admira e com quem tanto sonha. Algo completamente inconcebível. Algo que apavorou a todos. Algo que surpreendeu até o mestre. Nesse momento, todos enxergaram um erro infantil, mas Bobby vislumbrou um xeque-mate com trinta e duas jogadas de antecedência. Todos encontraram uma imperfeição em seu jogo, mas Bobby prometeu uma jogada divina. Todos esperavam por uma derrota banal, mas Bobby ganhou a partida de forma excepcional. Nascia ali o maior enxadrista do mundo e que, eventualmente, sacrificaria a própria mãe.

E foi nesse exato momento que a mídia voltou sua atenção a esse jovem. O xadrez, até então, era um jogo pouco assistido e comentado. Poucos o conheciam. Não despertava a curiosidade e admiração de quase ninguém. Constantemente envolvia um mistério metafísico. Algo que sempre habitou o inconsciente coletivo. E os Estados Unidos são mestres em criar e destruir ídolos. Assim, com base nesse encanto inconsciente no imaginário popular em relação ao xadrez, e de posse do mais promissor jogador de todos os tempos, a indústria americana se dedica a trabalhar a imagem desse jogo. Bobby surge como um mito que instiga a devoção, representando a genialidade e a superioridade dos norte-americanos. Ele promete atacar o maior inimigo dos EUA no campo em que o oponente sempre fora o mais forte e imbatível. Ele revisita a Guerra Fria sob uma nova ótica. Está pronto para destruir o adversário. EUA × URSS, agora também no xadrez.

E se transforma em um pop star aos 15 anos. Um show. Uma fábula. Viaja por todo o país fazendo jogos de exibição. Joga com vários adversários simultaneamente e destrói todos em questão de minutos. Fala na televisão, no rádio, nos clubes, nas escolas. Faz propaganda da bandeira capitalismo no mundo aterrorizado pela Guerra Fria e pelo medo comunista.

O xadrez, sempre dominado pelos soviéticos, começa a temer com o surgimento de Bobby Fischer. O que aconteceria se a União Soviética fosse derrotada? Os EUA seriam os melhores? A democracia venceria? O sonho americano viu em Bobby uma possibilidade de atacar o socialismo. Destruir a hegemonia da URSS na Europa Oriental através do messias do capitalismo, Bobby Fischer.

## 5.

Mas ele sente a falta de um pai. Dói-lhe tanto que nem consegue falar sobre o assunto. Ao ser perguntado sobre o pai, em um programa de televisão, chega até a chorar. Não sabe nada dele. Gostaria de saber. Gostaria de poder ter uma figura em quem se inspirar. Alguém com quem soltar pipas, jogar futebol, basquete, xadrez. Para levá-lo ao parque, correr na praia. Mas esse alguém não existe.

Mas será que é contra a figura desse pai que ele vai se rebelar anos depois? Será que, ao abandonar, fugir e maldizer a própria cultura, ele estará apenas combatendo a projeção malévola de um pai que o abandonou? Que o obrigou a sempre fugir da realidade? Será que esse pai será visto como o Estado americano? Como a nação? Como a cultura do seu povo que agora recusa e condena?

**6.**

"Xadrez é meu alter-ego. Não há mais nada no mundo que valha a pena." Ele, aos 18 anos, já é o maior jogador dos Estados Unidos de todos os tempos. A maior promessa no mundo do xadrez. O mito humanizado.

Apesar de saber cada vez mais das possibilidades imaginativas contidas naquelas sessenta e quatro casas, passa a conhecer cada vez menos da realidade. Não tem amigos, não se relaciona afetivamente com ninguém, não aproveita a vida de nenhuma outra forma. Só quer se aprimorar e lapidar sua arte. Ele tem que ser o campeão mundial, embora nem saiba muito bem o que isso significa. O xadrez é sua única musa, sua única companhia e seu único sacerdócio. Rompe definitivamente com a mãe. Tem vergonha dela. Não quer se ver fraco e oprimido como ela sempre foi.

De 1957 a 1967, Bobby ganha oito títulos americanos. Ele é o que mais conhece desse jogo. Ele é um astro. Uma sumidade. E passa a viver como esse superstar que criou.

**7.**

Ele tinha que chegar a qualquer custo ao título mundial. Era o único motivo para continuar vivendo. E, para que isso acontecesse, um longo percurso deveria ser concluído. Primeiro ele teria que ganhar um torneio em que sessenta e quatro jogadores estavam inscritos, proeza realizada de forma extremamente fácil ao derrotar todos os seus oponentes. Depois, ele teria que derrotar três grandes mestres mundiais para poder desafiar o campeão. Esses gênios consagrados eram os mais bem colocados no ranking mundial e seriam, talvez, os únicos jogadores que poderiam enfrentá-lo de igual para igual. Apesar das excentricidades que transtornavam a vida e a alma de Bobby, ele estava ansioso e concentrado para encará-los. Precisava aniquilar esses jogadores para partir em busca do seu grande sonho.

Os jogos foram televisionados e um grande show foi montado. Era Bobby Fischer, o gênio americano, o orgulho nacional, a glória capitalista, enfrentando as maiores mentes do mundo. Era o menino prodígio, honra da nação, desafiando o mundo soviético, socialista e completamente decadente.

E o primeiro confronto tem início. Seria jogado em melhor de onze encontros. A vitória consistiria em um ponto, e o empate, em meio ponto. Os olhos do mundo estavam atentos ao jogo entre Bobby e Mark Taimanov, um enxadrista russo, campeão da URSS por duas vezes e um dos poucos a bater seis detentores do título mundial. Alguém que poderia acabar com a invencibilidade de Fischer. Alguém que poderia destruir o sonho americano, atestando a supremacia soviética. Mas nada disso acontece, já que Bobby arrasa Taimanov ao ganhar por 6 × 0. Um placar extraordinário, impensável e completamente inconcebível para o nível desses jogadores.

O governo soviético, aturdido com tamanha vergonha, chama Taimanov para prestar esclarecimentos. Ele havia sido humilhado por um americano, envergonhando o governo e a política soviética. Havia inferiorizado a nação e, como punição, seu salário seria cortado e ele seria impedido de viajar para fora do país pelo resto da vida. Uma desgraça total, de que Taimanov não tem culpa alguma. Ele fez o que podia, mas Bobby Fischer era o melhor.

No segundo confronto, Bobby Fischer enfrenta o enxadrista dinamarquês Bent Larsen. O único a ter encarado e superado os jogadores soviéticos. Medalhista de ouro nas Olimpíadas de Moscou, esse jogador, reconhecido por sua criatividade e ousadia, também não foi páreo para Fischer, sendo derrotado igualmente por 6 × 0. O impossível está acontecendo diante do olhar atento do mundo. Fisher não perde uma partida sequer e isso é considerado um feito muito além do plano humano. Bobby habita esse lugar.

No terceiro confronto, ele enfrenta Tigran Petrosian, outro russo, conhecido como Iron Tigran em virtude de sua defesa quase imbatível. Ele é ex-campeão mundial, temido e venerado por muitos. As partidas são mais disputadas e o russo consegue fazer dois pontos e meio. Petrosian tenta frear o ímpeto destrutivo de Fischer, mas o americano o supera mentalmente. Ao longo das muitas jogadas, Bobby exibe uma determinação, uma concentração e uma força jamais vistas por soviético algum. Ele está ali para aniquilar o adversário de todas as formas. Fischer ganha e destrói a carreira de Petrosian. Ele está finalmente pronto para encarar o atual campeão mundial.

Quem o aguarda agora é o grande Boris Spassky, mais um gênio russo que glorifica a superioridade soviética nesse esporte. Talvez o único que poderia derrotar o americano, já que também possuía um arsenal enorme de jogadas e uma força mental superior à de todos os outros jogadores. Bobby enxerga nele um inimigo. Aquele que tem o que é seu por direito e que o está impedindo de conseguir. Ele merece ser destruído.

Bobby sabe que ainda precisa de um pouquinho mais para poder derrotar Spassky. Não que ele não tenha suficiente conhecimento técnico para se impor, mas ele precisa treinar seu corpo para suportar a jornada de jogos e o estresse. Assim, ele se dedica à musculação, natação, corrida e alongamento. Quer estar bem preparado para a disputa pelo título mundial. Sua mente perturbada já está pronta, mas seu corpo precisa ser fortificado. Ele não sabe, mas está fazendo o que Max Nordau proclamou anos atrás. O *Judeu musculoso*. Em agosto de 1898, Nordau fez um discurso no segundo congresso sionista da Basileia em que introduziu o termo *Muskeljudentum*, o controverso judaísmo muscular, no debate sionista. Max Nordau convocaria um programa de regeneração judaico-sionista, tentando acabar com a crença estereotipada da fragilidade do corpo masculino judeu, sempre associado ao judaísmo ortodoxo da Europa Oriental. Para Nordau, esses judeus ortodoxos eram considerados debilitados e despreparados fisicamente, resultado dos longos anos dedicados somente ao estudo da Torá. Bobby inconscientemente não seria mais um desses. Ele mostraria para o mundo que era forte, destemido e audaz, bem diferente de sua mãe e de suas origens. Os novos músculos e a mente trabalhada não deixariam jamais que os inimigos o derrubassem. Ele estava pronto, como jamais estivera.

## 8.

Finalmente, a série de jogos da disputa pelo título tem início na Islândia. Melhor de vinte e quatro partidas. Spassky, para manter o título, teria que fazer doze pontos e Bobby, para ser campeão, teria que pontuar meio ponto a mais que o rival.

Ele sempre sonhou com esse momento. Sempre se imaginou como campeão do mundo. Mas agora, tão próximo do sonho, começa a pensar muito no que isso significa. Não entende muito bem. O que é ser campeão mundial? O que ele ganharia com isso? Dinheiro? Fama? Mulheres? Ele não se importa com nenhuma dessas coisas. Somente gosta da partida e quer ser o melhor de todos. Mas após se tornar o melhor, o que acontecerá? Qual será seu próximo desafio? O que dará algum novo sentido à sua vida? Ele teme, entra em pânico, começa a enlouquecer.

Tudo agora é tão real, e ele nunca gostou da realidade. Essa realidade que o privou do amor do pai, que ele nem sabe quem é. Essa vida que o vai afastando da mãe e da irmã, e que o impossibilitou de conhecer o amor. Tudo isso apenas para se tornar o campeão mundial de xadrez? O que é xadrez? O que é o mundo? Para que serve a vida?

Tem início o calvário de Bobby. Ele começa a impor inúmeras condições para jogar, já que está com muito medo. Não de perder, isso ele nunca cogitou, mas da vida que o espera depois de conquistar o que tanto sonhou. Assim, o show de loucuras e demandas estranhas começa. Ele exige um carro, um helicóptero, um smoking, um vibrador de ouro, comidas exóticas, apresentações de danças indígenas, orgias. Quer se encontrar com o presidente, quer conhecer Elizabeth Taylor, quer ser chupado por Brigitte Bardot. Ele nem sabe direito o que pedir, não lhe dão ouvidos. Ele não tem interesse em nada além de xadrez.

Na entrevista de apresentação dos jogadores, ele nem aparece. Embaixador, presidente, Spassky e milhares de telespectadores estavam presentes, e a cadeira de Bobby, vazia. Ele desapareceu e ninguém sabe se ele vai realmente jogar. Nos Estados Unidos, até imaginavam que ele nem embarcaria para a Islândia, já que exigiu mais dinheiro e o Comitê Internacional de Xadrez não lhe concedeu. Porém, um milionário americano, apaixonado por xadrez, procurou Bobby e prometeu um prêmio ainda maior para que ele jogasse. Mesmo assim, ele não se convenceu. Dinheiro também não era importante.

Ele não compra a passagem até o último minuto. É visto correndo pelo aeroporto. Some antes de embarcar. "Os alienígenas querem me abduzir, querem arrancar minha mente", pensou, enquanto fugia. Todos temem pelo fim do show e pelo fracasso da América.

Mas, surpreendendo a todos que já estavam quase desiludidos, ele embarca para a Islândia e parece que vai jogar. Está domando seus monstros, pelo menos por mais algum tempo. Consegue abstrair-se do olhar perverso e aterrorizador do mundo que o cerca para voltar a pensar somente no xadrez. Ele se reencontra com o amor e a devoção que sente pelo tabuleiro. E decide enfrentar e destruir o adversário.

O primeiro jogo finalmente tem início e é transmitido para todo o mundo. Para surpresa de todos, só Spassky está presente. A cadeira de Bobby encontra-se novamente vazia. O relógio, que marca a jogada inicial do russo, é ligado e Spassky move a primeira peça, sem a presença do oponente. O mundo está em silêncio, ansioso pelo desfecho desse circo. Bobby não está lá. Não sabem onde está.

Ele começa a inventar histórias. Que o serviço secreto soviético o impede de disputar o título mundial. Que é perseguido e observado constantemente. Como conseguiria se concentrar com o medo perpétuo de ser assassinado e envenenado? A sua loucura vira assunto político. O diplomata Kissinger intermedia a negociação para que ele jogue. Se ele quer proteção, terá. Se ele quer mais atenção, que todos o sigam, o governo precisa mostrar ao mundo sua supremacia. Bobby tem que comparecer e cumprir sua tarefa.

Finalmente, ele se apresenta para o jogo. Surge no meio da partida já começada, e continua a reclamar. Não gosta das luzes, não suporta as pessoas tão perto dele e ainda exige que o juiz fique mais longe. Está completamente desconcentrado. Tem medo de ganhar. Tem medo de acabar com seu sonho. Tem medo do futuro que o espera.

Nessa primeira partida, ele faz uma jogada estúpida. Uma jogada tão burra como ele nunca fez antes. Nem nos tempos em que não sabia jogar xadrez teria feito uma jogada tão pífia. O mundo se cala e Spassky reflete. Seria uma cilada? Seria uma jogada mais genial que todo o intelecto humano ou Bobby estaria maluco? Ninguém nunca imaginou que algo tão infantil fosse realizado no campeonato mundial. E ainda mais partindo das mãos do maior dos gênios do xadrez. Mas infelizmente é verdade. Bobby tinha finalmente errado e perdido a primeira partida. O mundo especula se teria sido proposital e parte de uma estratégia magistral. Mas todos temem que ele tenha enlouquecido e perdido a habilidade de jogar xadrez.

Ele vai para casa. Sofre. Chora. Dissimula. Seus pensamentos estão a mil. Ele quer ganhar, quer ser o campeão do mundo, mas ele está em pânico. Seus fantasmas da infância o assombram. Vozes e mais vozes transtornam sua mente. "Seu merda, seu merdinha. Nerd. Estúpido." Os monstros não se calam, e não se calarão jamais. "Você não tem pai. Sua mãe é uma empregadinha." Ele sonha que está jogando xadrez com o pai, mas ele não tem rosto nem corpo. Está embaçado, fora de foco. Acorda assustado e não consegue se levantar da cama.

E tem início a segunda partida, e ele nem aparece dessa vez. Ele exigiu que as câmeras fossem removidas e que não houvesse barulho das TVs. Impossível. O que ele quer mesmo é que as vozes, os medos e os gritos dos pesadelos se apaguem. Ele está com febre. Foge. Está fora de si. Assim, Spassky lidera por 2 × 0. Uma desvantagem que Bobby nunca havia experimentado.

Mas a surpresa faz parte da vida do gênio e do louco. Ele sonha com a mãe, vestida de rainha vermelha, mas doce, convidando-o para dançar numa casa de espelhos. Seus monstros lhe dão um descanso e ele volta a se concentrar. "Eu te amo, minha rainha."

Sente novamente o desejo de jogar e de realizar seu sonho. Consegue retomar o foco. Seus controvertidos pedidos de mudanças são surpreendentemente aceitos e ele começa a jogar. O jovem audacioso, vigoroso e prodigioso entra de corpo e alma na grande batalha da sua vida. E jogar xadrez ele sabe fazer melhor que ninguém. Sua mente volta a trabalhar exclusivamente para o jogo. Ele está em êxtase. Ele está em um estado além. Ele é capaz de tudo.

E ele ganha a terceira partida de forma monumental, causando espanto até em Spassky. É a primeira vez que derruba o campeão mundial. Ele está no páreo, está mais vivo e são do que nunca. Ele volta a sorrir, vibrar e desconcentrar o adversário. Seu olhar inquisitório anula o russo. Finalmente tem início a tão sonhada guerra em busca do título e da glória.

Os russos estão apavorados. A KGB acusa a CIA de enviar ondas eletromagnéticas que prejudicariam a concentração de Spassky. O campeão alega sentir-se fraco, desanimado e fragilizado. Conjectura que algum raio infravermelho estaria danificando a mente e o intelecto dele. Que isso nunca tinha acontecido. Acusa a CIA de estar envenenando a água, a comida e perturbando seu precioso sono. Todas essas acusações são investigadas pelas autoridades islandesas e nada é encontrado. A verdade é que o veneno tem um nome: Bobby Fischer.

## 9.

A luta pela vitória continua. Spassky ainda consegue ganhar algumas, mas não é capaz de deter o americano. Em uma partida memorável, Spassky chega até a aplaudir o oponente. Ele sabe que será crucificado na URSS. Sabe que cairá em desgraça. Sabe que o governo vai condená-lo para sempre. Mas não pode fazer nada. Está diante de uma mente superior, que tem de ser ovacionada.

E Bobby, como esperado e sonhado por todos, ganha o campeonato. Aos 29 anos, ele é o primeiro e único norte-americano da história a se tornar campeão mundial de xadrez. Ele finalmente é reconhecido como o maior de todos.

Seu retorno aos EUA vira um grande espetáculo. Ele é recepcionado em praça pública como um herói, um mito, o deus americano vivo. Concede inúmeras entrevistas e fala incessantemente sobre o título e a superioridade dos EUA. Torna-se uma celebridade, cultuado e homenageado em todas as cidades que visita. O xadrez se torna o verdadeiro jogo dos deuses em que o maior jogador do Olimpo é um americano. "O xadrez é o maior dos jogos. É o esporte mais maravilhoso para o intelecto."

Ele ganha muito dinheiro. Poderia ter se tornado um playboy, um grande conquistador, um astro de cinema, mas não se importa com nada disso. Seus monstros nunca o abandonaram, apesar de se tornar o símbolo do sucesso e da supremacia do intelecto ocidental.

Ele sente uma grande fraqueza. Não tem vontade de fazer nada. Precisa descobrir um novo caminho a seguir, e segue vivendo o pânico de ter alcançado o que sempre sonhou. Seus monstros reaparecem, agora mais fortes, vigorosos e histéricos. Eles gritam com Bobby. Afugentam sua razão. Afastam sua vontade de continuar jogando xadrez. Ele não vê mais motivo nem razão para se dedicar ao jogo. Também não enxerga sentido para seguir vivendo. Ele briga com a mãe. Já estavam distantes, mas tinham uma relação cordial. Acredita que ela o subjuga. Que ela o faz fraco. Que ela representa seu passado inglório. Está perdido.

Em uma das noites que passa em claro, escuta no rádio um discurso fascinante de um pastor. Seus olhos voltam a brilhar. Ele se sente acolhido pelas ideias conspiratórias da Worldwide Church of God. "Sigam meu caminho, e no fim vocês encontrarão um mundo verdadeiramente de paz. UTOPIA: ressuscitaremos o Império Romano, e reinaremos novamente." E toda essa loucura lhe cai muito bem. Agora ele vai se dedicar à igreja, como se dedicou cegamente ao xadrez. Doa 20% do seu prêmio de campeão mundial e recebe em troca a casa de um "futuro rei romano". Lá ele assimila, durante três anos, os princípios ortodoxos e preconceituosos dessa seita. Não dá mais notícias, não joga mais xadrez e fica estudando os preceitos e as doutrinas elaboradas pelo seu novo guia e mentor: Herbert Armstrong.

Mas, como era o atual campeão mundial, é convocado a defender seu título. Existe um novo adversário, de alto nível, que derrotou todos os oponentes e reivindica o troféu. E ele tem que enfrentá-lo se quiser manter seu posto. Porém já não está mais interessado em xadrez. Só quer saber da nova religião, apesar de, no seu íntimo, gostar do fato de ser o campeão mundial de xadrez.

Então se aterroriza novamente. Não com a possibilidade de perder, mas com a possibilidade de ter de encarar a vida supostamente real. Ele faz 179 demandas absurdas para poder enfrentar o desafiante. Os dirigentes, sonhando que as partidas fossem realizadas, atendem 176 dos seus pedidos, mas mesmo assim ele se recusa a jogar e o mundo conhece o mais novo campeão mundial, Anatoly Karpov. Tem início o fim de Bobby Fischer.

## 10.

Ele está imerso no pragmatismo cruel da igreja. Ele lê bastante e acredita em todos os textos apócrifos que descobre, sobretudo os que consideram os judeus execráveis, perversos e deicidas. O seu povo, que agora detesta, seria o verdadeiro culpado pelas desgraças do mundo. Eles fariam parte de um grande complô para tomar o poder e se refugiam na proteção dada pelo governo americano. Ele foca toda melancolia e depressão no ódio ao judeu e ao povo americano. Ele odeia a mãe. No meio da noite, telefona para ela e a amaldiçoa. Não quer herdar o seu sangue e cultura. Ele está se destruindo, mas não percebe isso.

E desaba novamente ao descobrir que o líder de sua igreja, o "bondoso" pastor Armstrong, havia se metido em crimes de extorsão, abusos sexuais e corrupção. Os EUA perseguem duramente os líderes de todas as seitas após a tragédia na comunidade de Jim Jones. O extremismo começa a surgir e a despertar grande medo na América. Bobby não encontra mais refúgio em nenhuma comunidade e se transforma num ermitão com as ideias doentias em relação ao mundo.

Paranoia. Esquizofrenia. Imaginação. Bobby Fischer passa a andar com uma mala cheia de comprimidos que seriam o antídoto contra o veneno do mundo. Acredita que todos conspiram contra ele, contra seus princípios e contra suas crenças. Ele seria o culpado por algo que nunca foi e sente a dor do crime que não cometeu.

Num dia qualquer de 1981, para sua sorte ou azar, Bobby é confundido com um ladrão de banco. É então preso, torturado e espancado e fica mais revoltado com a América. Escreve um panfleto intitulado "Eu fui torturado na Prisão de Pasadena". Ele acredita ser perseguido. "Eles me disseram que poderiam ter me enviado para uma instituição mental para observação. Perguntaram-me que ano era, que mês era etc. Respondi facilmente essas perguntas estúpidas... 'Nós vamos enviá-lo para um hospital psiquiátrico. Você é obviamente uma pessoa muito doente.'" Ele precisa fugir dos judeus, dos americanos, dos soviéticos e de si mesmo.

Ele é aterrorizado pelos seus fantasmas. Desaparece. Boatos surgem sobre seu paradeiro, mas ninguém sabe ao certo onde ele está. As vozes que agora gritam em sua mente dizem que há um complô contra ele, e que ele tem de se proteger de todos.

Cai em suas mãos o *Protocolo dos sábios de Sião* e se convence de que essa América que o acolheu e agora o destrói é totalmente judia, e ele não pode ser membro desse povo amaldiçoado. Começa a conjecturar uma possibilidade de não ser mais judeu. Ele, que já não fala com sua mãe há anos, e que nunca se relacionou com seu pai, convence seus monstros de que não há nenhuma gota de sangue judeu em seu corpo. Agora ele deve lutar contra esse povo fóssil, que mereceria a extinção, mas que insiste em viver como parasitas. Ele compra toda a literatura neonazi disponível e vira um especialista no antissemitismo. Desafia seu país e sua cultura, semeando um profundo ódio pela América judaica.

# 11.

Mas uma mulher húngara surge para mudar subitamente os seus caminhos. Uma fã, apaixonada pela técnica, pelas aberturas e criatividade de Bobby. Ela se encantou com a arte, mas acabou transferindo esse amor para o autor. E resolve escrever uma carta para o enxadrista, convidando-o a voltar a jogar.

Ela tem 16 anos e o considera o Mozart do xadrez. "O que você está fazendo recluso? Você é o grande gênio do xadrez. Você é o Einstein. O novo Da Vinci. Você tem que voltar." E Bobby, ao ler a carta e ver a foto da remetente, lembra-se de um dos torneios da juventude em que perdeu o campeonato por perder o foco. Algo que julgou mais importante que o xadrez.

Um ex-amigo e também enxadrista, em um dos torneios, havia lhe apresentado uma menina encantadora pela qual Bobby se apaixonara. Foi a primeira vez que Bobby conheceu a verdadeira arte do corpo feminino. Nessa noite anterior ao campeonato de sua pior atuação, ele conheceria a simplicidade, a textura e o perfume de uma mulher. Não, o mundo não era somente xadrez. Ele, que só procurava desvendar as possibilidades de uma brilhante abertura, conquistar os territórios do inimigo, fixar uma posição no centro do tabuleiro, preparar um ataque sublime, percebeu que o mundo poderia ser maravilhoso apenas sentindo o perfume do sexo de uma mulher. Ver aquele corpo nu, estendido em sua cama, mudaria sua perspectiva de vida. Nada mais de pensar nos sete próximos movimentos e variações possíveis do seu adversário. Nada mais de memorizar todas as partidas já jogadas na humanidade. Não. Ele só precisava degustar os maravilhosos e sublimes seios que estavam ao alcance de sua boca. Se embebedar da seiva e do gosto amargo da arrebatadora floresta que estava próxima aos seus lábios. Para ele, naquele instante, bastava-lhe viver o êxtase dos cheiros, dos odores, das fragrâncias que habitavam o sexo extraordinário daquela mulher. Assim ele mergulhou de alma num mar imponderável de sentidos e viveu o gozo com a sua verdadeira rainha.

E no dia seguinte ele não conseguiu ver beleza alguma nos bispos, cavalos e torres. Não conseguiu focar sua atenção na mente do adversário. Ele só queria sentir mais uma vez aquele inebriante sabor. Aquele doce gosto que ainda estava em sua boca. Ele precisava sentir de novo a textura entre as pernas de uma mulher, e a pulsão dolorosa e deleitosa de seu falo. Mas infelizmente aquilo tinha acabado. A mulher o tinha rejeitado e criado ojeriza pelo corpo amador e muito doente. Ele teve que se refugiar desgraçadamente no xadrez.

Mas, ao receber a carta dessa jovem húngara, ele voltou a se lembrar do sabor da mulher e vislumbrou a possibilidade de amar novamente. Escreve para a mãe e diz que está amando. E, para atender ao chamado de seu novo amor, ele aceita voltar a jogar. E pensa em se casar e ter uma família com ela.

Seu retorno é controverso. Ele realizaria uma partida na Iugoslávia contra o velho adversário Spassky. Mas qualquer americano, nesse momento, estava impedido de entrar no país por conta de uma guerra civil. E ele mostra todo o seu ódio contra o mundo ocidental, contra os judeus e contra a bandeira americana. Ele desafia o Império, dá uma entrevista cheia de raiva contra todos e vai ao país proibido.

Os EUA avisam que se ele jogar receberá uma multa de duzentos e cinquenta mil dólares e será preso durante dez anos. Ele exibe publicamente esse documento e cospe toda a sua fúria nessa declaração. Aceita jogar e recebe mais de três milhões de dólares pela partida. Derrota novamente Spassky, num jogo medíocre, ultrapassado e deprimente em que mostra a degradação de mentes brilhantes. Parte em busca do seu amor na Hungria.

Mas na Hungria a menina de 16 anos conhece-o de fato e não gosta. Ela não se encanta, nem por um instante, com aquele homem barbudo, rancoroso e cheio de *self-hatred* que apareceu em sua casa. Com repulsa e aversão, resolve abandoná-lo.

Ele está no fundo do poço. Não tem mais o que fazer da vida. Tem dinheiro, mas não tem lar nem carinho. E nutre um rancor ainda maior pelo país que o ameaça. Ele, o ex-ídolo de uma geração, agora é desprezado por muitos, e por si próprio. Ele se odeia, e odeia o mundo que o concebeu. Durante doze anos, ele vaga pelo mundo, sem lar. Vive no Japão, nas Filipinas e na Islândia, mas nunca volta a se encontrar.

Sua mãe morre em 1997. Seu mundo desaba. Ele havia perdido o único amor de sua vida, sua rainha, e só agora se dá conta disso. Ele precisa dar seu último adeus, mas não pode participar do funeral, pois está impedido de entrar nos EUA. Ele sofre muito, e seu ódio pelos EUA aumenta. Nessa época, ele tinha se aproximado da mãe. Falavam ao telefone com certa frequência. Ele buscava o carinho materno para fugir da dor da rejeição de Zeta, a menina húngara que o fez ressurgir fraco, e ter ainda mais repulsa de si mesmo.

## 12.

Ele focaliza toda a sua raiva no povo judeu. "Esses bastardos sujos. Você sabe que eles têm tentado dominar o mundo. Você sabe que eles inventaram a história do Holocausto. Nunca houve nada disso. Não houve Holocausto dos judeus na Segunda Guerra Mundial. Eles vêm inventando essa merda de perseguição desde tempos imemoriais. Eles são um povo imundo e mentiroso. Isso é tudo o que eles sempre serão. Essa é a mentalidade judaica. Trata-se de um povo criminoso. Eles torturam seus prisioneiros da pior maneira. Isso é ilegal! Eles nem mesmo negam que praticam a tortura. Judeus são os bastardos da história. Eles são sovinas, são as piores merdas do mundo. Eles mutilam seus próprios filhos." Ele está se destruindo, se culpando, se aniquilando, mas não percebe. Ele já não é tão jovem assim e está cada dia mais doente e deprimido.

Mas 2001 é seu ano de glória. Sua alegria. Seu repouso. As Torres Gêmeas despencando edificariam ainda mais a sua cólera. A certeza de sua maldição.

## 13.

Ele ainda continuaria publicando artigos e textos contra os EUA e os judeus. Sua raiva nunca passaria e ele nunca encontraria paz. Ele se lamenta pelo fim do passado glorioso e sente saudades do tempo em que vivia apaixonado pelo xadrez. Sua saúde está completamente debilitada, mas seu rancor nunca diminuiu.

Estava sozinho em seu quarto quando sentiu que sua hora chegaria. Ainda conseguiu ligar e pedir uma ambulância. Nesse período antes de perder a consciência, não sorriu nenhuma vez. Sua cólera era intensa, e ele tinha certeza de que estava morrendo pelas mãos de seus carrascos. Mas tem tempo para refletir sobre sua vida. Bobby se lembra do amor que teve pelo xadrez, desse desejo quase doentio de que a vida poderia ser apenas um belo espelho do tabuleiro. E se imagina como rei, admirado, protegido e encantado por todos os seus súditos e amigos. Respira fundo e se enche de saudades. Ele se lembra da mãe, e de um carinho que recebeu ainda quando criança. Talvez tenha sido o único. Quando ganhou seu primeiro campeonato, ela, num gesto surpreendente, deu-lhe um beijo e um abraço na frente de todos. Ele havia esquecido desse momento, mas agora tem certeza de que foi por isso que se dedicou tanto ao xadrez. Mas esse seu empenho também o afastou dela. Ele ficou focado, neurótico e perdido demais em busca da perfeição. Da perfeição daquele carinho que nunca mais recebeu. E aquilo se transformou em ira e perdição. Bobby se odiava pelo caminho que a vida o conduziu. Detestava seu corpo, sua mente, suas ideias. E também o outro, o estranho, aquele que sempre brincou com seus sentimentos. Ele tem consciência de que seus momentos de dor foram muito maiores que os de amor. A morte que agora está próxima lhe parece a melhor das opções. Ele se entrega e encontra finalmente alívio.

Morre quase totalmente esquecido e amaldiçoado, em 2008. Muitos ainda imaginavam que ele ressurgisse reivindicando o título mundial. Muitos sonhavam com seu retorno sublime, maldizendo suas ideias de ódio e se dedicando somente à sua arte.

Mas infelizmente ele nunca apareceu. Talvez esteja jogando um xadrez divino, ou infernal, com outros loucos, gênios e terroristas da humanidade. O mundo lhe é grato pela grandiosidade com que tratou o mais perfeito dos jogos, mas o culpa pela infâmia enquanto homem humano.

# Um pobre imigrante judeu-polonês

Durante a segunda metade do século XIX, acreditou-se que o abuso sexual infantil e a morte ritual eram crimes engendrados majoritariamente pelos judeus. A maioria dos processos dos abusos sexuais infantis tinha uma criança cristã como vítima e um judeu louco como o desprezível molestador.

Na mesma época, crimes terríveis assolaram Londres. Jack, o Estripador, seria a personificação da insanidade e da perversão sexual. Algumas fontes antigas e também contemporâneas sugerem que Aaron Kosminski, um imigrante judeu, de origem russo-polonesa, nascido em 1864, teria sido o temível assassino. Ele próprio, segundo alguns estudos científicos, tinha sido vítima de abuso sexual na infância, prática que muitos acreditavam ser comum nessas famílias. Jack, o Estripador, seria fruto de um incesto consanguíneo, daí o motivo de sua doença. Assim, o russo-polonês teria manifestado a insanidade, e talvez a genialidade (já que ninguém nunca o apanhou), sendo o grande responsável por um dos maiores mistérios do século XIX.

A identidade do Estripador ainda se mantém velada. Reis, mulheres, mendigos e idólatras já foram considerados, ao longo dos anos, o verdadeiro algoz. Porém, em pleno século XXI, ressurge uma nova pesquisa acerca da ascendência judaica de Jack, comprovando que o imaginário popular antissemita ainda se encontra presente em alguns trabalhos científicos.

# Sabbatai Zevi: a eterna busca pela salvação

1.

Dizem que ele andava a cavalo, ato proibido aos judeus da época. E que cantava a glória do povo de Israel. Dizem que em seus momentos de iluminação ele gritava para o mundo que era a salvação. O escolhido. O filho predileto de Deus. Dizem que ele era capaz de voar, entoar cânticos e notas celestiais e abrir os céus com o poder de suas orações. Dizem que ele se deprimia quando não falava com seu Pai. Quando não ouvia as vozes e os prenúncios dos profetas. Quando não era capaz de prever o futuro. Dizem que perdoou todos os pecadores. Que aceitou os convertidos. Que abraçou os desgarrados. Dizem também que estimulava as orgias, incentivava o incesto e revivia com frequência as festas de Baco; mas afirmam que ele era impotente. Dizem que ele era o Mashiach. Que veio ao mundo para salvar. Para pôr fim ao vale de lágrimas e de sangue em que viviam imersos os judeus.

Dizem também que sua apostasia foi falsa. Que foi inventada. Que seitas secretas ainda o seguem, proferindo a falsa fé islâmica de dia, e o verdadeiro judaísmo ortodoxo à noite. Dizem que ele nunca morreu. Que ele já se reencarnou por diversas vezes e que ele ainda vive secretamente em Esmirna. Dizem que os sabataístas e os dönmes ainda se reúnem na Turquia e rezam pela glória de seu nome. E que estão espalhados por todo o mundo buscando as centelhas da essência divina em cada um dos judeus. Dizem que Sabbatai Zevi salvou a humanidade. Mas dizem também que ele nos amaldiçoou por toda a eternidade.

## 2.

Ele viveu durante um dos muitos períodos conturbados da história, de 1626 a 1676, sentindo na pele e na alma a agonia do preconceito, das perseguições e dos genocídios. E ele, assim como toda a comunidade judaica da época, já estava exaurido das intermináveis catástrofes que atingiam seu povo. Como todos, já reivindicava avidamente a chegada de um Salvador para colocar fim a todo sofrimento.

Também viveu um período em que mitos e crenças perversas contra seu povo estavam ainda mais exaltados. Equivocadamente imaginavam que aquele momento fosse o ápice da violência e da perseguição. Muitos conheciam fábulas em que os judeus eram vistos como seres malignos e assassinos de crianças e que por isso teriam de pagar eternamente. Talvez a leitura inflexível e ignorante dos Evangelhos de Mateus e João tenha sido a principal responsável por espalhar essas terríveis ideias ao atribuir a todos os judeus, do passado e do futuro, o crime do deicídio: "Que o sangue [pela morte de Jesus] recaia sobre nós e nossos filhos." Assim, com o apogeu dessas doutrinas religiosas de perseguição ao judeu, o ódio estava ainda mais exacerbado naquele momento histórico. Os judeus suplicavam por uma intervenção divina com o envio de alguém que pudesse salvá-los de todas essas danações.

O histórico dessas perseguições era grande. Já no ano 150 d.C., eram vistos como "ardilosos homicidas". Pouco depois, no ano 200, Tertuliano cria o gênero do *Adversus judaeos*, conclamando o ódio explícito e declarado ao povo judeu. No século III, esse mesmo povo passaria a ser visto como infiel, falsário e desonesto. No século IV, passa a ser considerado figura satânica e assassina e a quem todos deveriam desprezar de modo a cumprir a lei vigente.

Por conta dessas crenças, várias sinagogas foram incendiadas e destruídas na Mesopotâmia, Itália e Espanha, levando à morte muitos inocentes sem direito a justiça alguma. A certeza da legitimidade em matar esse povo assumia proporções cada vez maiores e acabou sendo perpetrada pelos mais diferentes grupos. Em Jerusalém, por exemplo, monges pacíficos, liderados por Barsauma, massacraram várias comunidades judaicas alegando a busca pela harmonia da sociedade. O judeu sempre foi considerado "indigno", "inferior" e "inimigo das leis romanas e da suprema majestade", como se pode ler no Código de Teodósio II, publicado em 438.

E listas quase infinitas de normas persecutórias e discriminatórias foram sendo publicadas e assimiladas ao longo da História: em 1205, o *Etsi non displiceat* de Inocêncio III queria acabar "com as maldades e com o terror" perpetrados pelas comunidades judaicas; em 1218, com a publicação do *In generali concilio*, Honório III exigia o uso de roupas especiais para judeus, atestando a "diferença" desse povo; a *Si vera sunt* de 1239 resultou na queima de muitos livros sagrados judeus; em 1278, com a *Vineam Soreth*, Nicolau III obrigava a predicação do cristianismo aos judeus; em 1584, Gregório XIII, com a *Sancta mater ecclesia*, exigia que os judeus de Roma enviassem cem de seus homens e cinquenta de suas mulheres para escutar os sermões da Igreja aos sábados; em 1555, Paulo IV, com a *Cum nimis absurdum*, limitava as atividades dos judeus e proibia o contato com cristãos; em 1569, Pio V, com a *Habraeorum gens*, culpava os judeus pelo uso da "magia negra" e ordenava a "expulsão dos territórios papais". Assim, com tanta segregação, sete práticas contra os judeus acabaram se tornando muito comuns na Europa medieval: o batismo forçado; os sermões obrigatórios; as disputas públicas; a queima de livros; a implantação de guetos; as expulsões; os genocídios. E tudo isso era visto com naturalidade pelos perpetradores — e até pelos próprios judeus.

Sabbatai Zevi surge nesse momento de escuridão e discriminação. Ele já nasce herdando toda uma carga de valores adulterados. Vive com medo, pavor e orgulho de ser membro do povo que é. Também sente uma desmesurada vontade revolucionária de mudar a visão e a crença da qual padece seu povo. Ele nasce delirante e sedento em busca de uma salvação para algo que se mostra impossível.

Sabbatai e seus seguidores, sentindo toda essa opressão, urgiam por transformações. Eles queriam lutar espiritualmente contra esse espólio. Queriam brigar pela tão sonhada e idealizada "terra prometida". Eles precisavam acreditar em algo mágico, fantástico e maravilhoso, que pudesse acalmar todas essas almas atormentadas.

O século XVI avançaria trazendo ondas de sangue ainda maiores. São vivenciados genocídios terríveis, culminando com talvez o maior dos *pogroms* da História, onde mais de cem mil judeus são assassinados e mais de setecentas comunidades são destruídas na Ucrânia. Aquela era a maior tragédia desde a destruição dos Templos. Algo totalmente inconcebível, que tinha de terminar. Suplicavam a Deus, que acreditavam cuidar eternamente do seu povo querido, para que enviasse logo o Mashiach a fim de acabar com essas terríveis provações. E é nesse clamor que emerge Sabbatai Zevi.

## 3.

Sabbatai Zevi nasceu em 1626 em Esmirna. Seu suposto nascimento no dia 9 do mês Av do calendário hebreu seria um prenúncio messiânico. Segundo a crença cabalística, o Mashiach iria nascer no mesmo dia da destruição do Primeiro templo (586 a.C., pelos babilônicos) e no dia também da destruição do Segundo templo (70 d.C., pelos romanos). Ele, o escolhido, o salvador, o redentor, receberia um nome em que a combinação de suas letras fosse também sagrada, cabalística e profética: "Sabbatai", auferido pelo nascimento no dia santo judeu — o *shabat* —, aglutinava lenda, mito e desejo de mudanças.

Desde pequeno, seu olhar tinha um brilho diferente. Uma magia. Uma beleza. Um encanto. Porém, enquanto os crentes admiravam seu resplendor e sua aura deslumbrante, os incrédulos viam nesse mesmo fulgor somente a extrema loucura.

Essa criança, considerada muito mais especial que as outras, sempre estava acompanhada da sua amada Torá: o livro com todos os mistérios e com todas as respostas. Ele já era fascinado pelas letras, e suas permutações cabalísticas, desde a primeira infância, quando memorizava diversas passagens e trechos marcantes do que julgava a verdadeira e única palavra divina.

Ele recebeu uma educação religiosa para se tornar um rabino, líder que conduziria a comunidade pelas normas e fé judaicas. Um guia disciplinador, temente e correto que atestaria a aliança entre Deus e o seu povo escolhido. Mas, aos 15 anos, Sabbatai já começava a apresentar alguns sinais de desequilíbrio, distúrbio hoje conhecido como "doença bipolar", antes chamada de "psicose maníaco-depressiva". Porém, também apresentava uma genialidade e inspiração incomparáveis ao discursar sobre algumas passagens bíblicas.

Sabendo que ninguém mais poderia ensinar-lhe algo de novo, ele começa a inventar novas interpretações para as rezas e algumas passagens do livro sagrado. Além disso, também contesta muitas normas judaicas consagradas da religião, atraindo a atenção e o medo dos membros da comunidade.

Mas ele nunca se abateu com o descrédito de alguns. Sabia das dificuldades e percalços de ser o Salvador. Sabia da grande guerra que deveria instaurar. Da guerra que traria finalmente a paz, a plenitude e o paraíso. "Os judeus esperavam desde os tempos bíblicos pelo Apocalipse, cataclismo cósmico no qual Deus destruiria os poderes do mal e introduziria os justos no reino messiânico que lhes pertencia." Ele seria, então, o responsável pelo Apocalipse. Ajudaria Deus na tarefa de reorganizar o universo quase destruído. "O universo havia entrado em desordem, e era tarefa particularmente dos judeus ajudar a Deus na reorganização do caos."

Por isso, por acreditar e desejar doentiamente um fim para toda essa irracionalidade opressiva, ele precisava ser o iluminado. O especial. O soldado preferido de Deus. E já que ninguém até então mudara qualquer coisa nessa história terrível do povo judeu, ele tinha que fazer algo. Ele tinha que ousar, batalhar e enfrentar as crenças e os mitos. Porém, e poucos sabem disso, em seus momentos de lucidez tinha muito medo do seu destino.

**4.**

Ele se dedicou com afinco ao estudo da Cabala. *Zohar: o livro do esplendor*. Mas resolveu estudar, também, as então novas crenças que Isaac Luria (1534-72) havia desenvolvido. Luria propunha uma mudança na visão cabalística da época através de sua doutrina da Redenção baseando-se em três conceitos principais: *zimzum* (contração); *shevirah* (rompimento dos vasos); *tikun* (restauração).

Talvez a grande mudança nessa visão da Cabala, que despertou o interesse de Sabbatai, tenha sido o *tikun*, a possibilidade prática da restauração. Até então, a Cabala visava somente a uma contemplação dos atributos divinos, mas agora haveria efetivamente uma alternativa de transformar o universo. Sabbatai tinha medo, insegurança, dúvidas, mas mesmo assim abraçou essa crença.

Ao estudar a Cabala, Sabbatai se transtornava. Ele ousava pronunciar o nome proibido, o tetragrama, conhecido por todos os eruditos e fiéis a Deus, mas que era impronunciável devido ao sagrado poder que ele escondia. Não havia homem na Terra que pudesse ter o privilégio de articular as quatro letras do nome sagrado. Mas ele o fazia, causando incômodo e o estranhamento de todos. "Apesar de seu conhecimento e erudição, ele sempre fazia tolices, de modo que todas as pessoas que o conheciam comentavam a seu respeito e o chamavam de tolo."

E nesses momentos catárticos, envolvido pelo poder da Cabala, ele se autodenominava Mashiach. Dizia que ressuscitaria os mortos, que traria a paz e que restituiria o esplendor ao povo escolhido. Dizia que podia levitar: "Subirei acima das mais altas nuvens, tornar-me-ei semelhante ao Altíssimo", mas só os virtuosos podiam vê-lo voar: "Vocês, que não puderam contemplar tão gloriosa visão, não são puros como eu."

Em 1648, Sabbatai diz ter tido uma conversa particular com Deus. A sua primeira, e talvez a mais importante. A que mudaria seu caminho, sua essência e sua doutrina. E relatou essa conversa ao seu amigo Laniano: "A voz de Deus me disse: 'És o Salvador de Israel, o messias, o filho de Davi, o ungido do Deus de Jacó, e estás destinado a redimir Israel; a reunificá-la dos quatro cantos da Terra até Jerusalém.'" E a partir daquele instante, diz Laniano, "Sabbatai se revestiu do Espírito Santo e de grande iluminação; ele próprio pronunciava o nome de Deus e fazia toda a sorte de estranhas ações que lhe pareciam adequadas."

Também em 1648 Sabbatai começou a exalar um odor estranho. Diferente. Perfumado. Algo sem precedentes para os religiosos. Um rabino não podia usar perfume, por isso o cheiro de Sabbatai despertava a curiosidade. Muitos viam como prenúncio, outros, como trapaça. Segundo a crença messiânica, o "ungido" exsudaria o perfume do Jardim do Éden, e aquele cheiro de Sabbatai muito se assemelharia à fragrância do Paraíso.

Amor e desconfiança em relação a esse misterioso rabino se instauravam na vigília da comunidade judaica. Mas somente 20 anos depois é que Sabbatai sairia pelo mundo clamando pelos seus súditos. Pela era messiânica. Pela batalha apocalíptica da qual ele seria o grande líder.

## 5.

Mas mesmo o Salvador vivia seus momentos de angústias e depressão. Ele estaria duvidando de seu destino e de seu sacerdócio? Estaria questionando sua fé? Estaria suspeitando de sua sanidade e da Cabala? E nesses momentos ele só queria fugir. Passava longos períodos em silêncio, escondido e meditando. Nesses momentos em que não se sentia iluminado, não podia entender o que acontecia. Ele teria sido mesmo o escolhido para desvelar os mistérios da Criação, do Criador e também do *Ein Soph*, a suprema Manifestação Divina? Não seria um charlatão? Teria força para enfrentar as batalhas? A verdade é que ele tinha medo de não ser a solução para todas as tristezas do seu amado povo. Tinha pânico de tudo aquilo ser uma fábula da sua loucura. E da loucura coletiva de uma cultura que só encontrou na religião, na fé ou na ficção uma possibilidade de não ser dizimada e totalmente extinta.

Ele atribuía a si a necessidade de mudar o mundo e a obrigação de libertar todos os judeus do exílio. Via-se obrigado a trazer finalmente a paz, algo muito sonhado, mas nunca realizado nesses cinco mil anos de existência. E ele, além de ter que se convencer que era o messias, deveria também convencer toda uma nação, tarefa assustadoramente complexa até para loucos, megalomaníacos e esquizofrênicos.

Porém, houve uma mobilização por todo o mundo judeu com a chegada de Sabbatai. Muitos finalmente acreditaram na salvação. Muitos viram em Sabbatai a concretização de um sonho. A possível chegada do Paraíso eterno e a restituição da harmonia cósmica. Mas talvez a pessoa mais importante que tenha abraçado toda essa ideia tenha sido Natan de Gaza. O profeta. Aquele que deu credibilidade a toda essa ilusão, anunciando a chegada triunfal do Escolhido como sendo Sabbatai Zevi. Natan invocou a glória, o júbilo e a vitória do povo de Deus.

Natan de Gaza foi um genial estudante da religião e do misticismo judaicos. E se dedicou à Cabala, prática descrita como sendo "a magia de inspiração pura, ou a magia 'branca', em particular a praticada por meio dos nomes sagrados ou esotéricos de Deus e dos anjos, cuja manipulação pode afetar tanto o mundo físico quanto o espiritual". Ele também desejava mudar esse mundo catastrófico em que os judeus estavam imersos.

Em 1665, Natan teve sua mais importante visão. A que mudaria seu destino e sua busca, e a que asseguraria seu lugar como um personagem fundamental da história do povo judeu. Durante um sonho, em catarse, ele recebe a informação de que Sabbatai Zevi era o tão esperado Mashiach. Não haveria dúvida disso. Nesse instante de iluminação, ou invenção, "ele viu subitamente a imagem de Sabbatai gravada na *merkabah*, a esfera das divinas forças criativas — *sefirot* —, e uma voz profética se fez ouvir: 'Eis que vem teu Salvador, seu nome é Sabbatai Zevi. Ele gritará, sim, rugirá, ele prevalecerá contra seus inimigos'". Assim se construía o cenário perfeito para a chegada do ungido. Havia uma pessoa que acreditava ser o escolhido, cativante, inteligente e admirada por muitos, e surgira ainda uma outra pessoa com uma credibilidade, admiração e devoção ainda maior que o próprio messias, e que lutaria para que todos acreditassem em Sabbatai. Ele era o profeta Natan, o grande marqueteiro da chapa messiânica.

Os dois eleitos para a mais importante das tarefas do mundo judaico se encontraram pela primeira vez na primavera de 1665. Passaram algumas semanas juntos em Jerusalém e Hebron visitando as tumbas dos Patriarcas e dos santos. Eles já estavam certos do caminho único e surpreendente a que tinham sido escolhidos para conduzir toda a humanidade. E aparentavam felicidade e tranquilidade com toda essa responsabilidade.

Mas Sabbatai ainda vivia repleto de inseguranças e dúvidas. E também muitos medos. Na Páscoa judaica, o *Pessach*, desse mesmo ano, ele estava na sinagoga quando foi acometido por uma crise profunda de depressão e não conseguiu proferir a liturgia. "Estava ali um homem enfermo, pois não conseguia nem ler o livro sagrado." Era difícil enxergar o Mashiach com temor de seu ofício. Muitos crentes chegaram até a duvidar de Sabbatai.

Porém, foi nesse instante que o profeta teve que atuar e convencer. Ele teve que fazer a ponte entre o Céu e a Terra, entre a mística e a realidade e entre o espírito grandioso e o corpo melindroso. Assim Natan teve que persuadir os incrédulos de que sua crença, e a de Sabbatai, estava correta. Ele teve de criar um espetáculo que seduzisse e convencesse a todos de que, mesmo vivendo momentos humanos, Sabbatai era o santo que tanto esperavam. Dessa forma, depois da saída de Sabbatai da sinagoga, Natan começou a "rodopiar pela sala, numa dança arrebatada, ao mesmo tempo que arrancava as roupas, antes de atirar-se ao chão em transe. Tomaram-lhe o pulso e disseram que estava sem vida. Depois cobriram-lhe a face, à maneira dos mortos, porém, logo em seguida, ouviu-se uma voz abafada. Diante disso, o véu foi removido e eis que uma voz surge de sua boca, porém seus lábios não se moviam". Ele teria gritado em vários momentos que Sabbatai era o Mashiach e ninguém nunca mais poderia ousar duvidar desse prenúncio. A longa espera messiânica judaica havia finalmente terminado.

## 6.

Sabbatai constantemente mudava de ideia. Ele acordava repleto de certezas e com coragem para mudar o mundo, mas dormia hesitando e perplexo diante de tamanha incumbência. "O que estou fazendo, meu Deus? Por favor, me diga: sou seu filho legítimo, ou filho da maldita Lilith?"

Mas com a ajuda de Natan ele foi assimilando a ideia de que seria de fato o responsável pelas apocalípticas mudanças no mundo. Com o apoio do profeta, ele enfim teve a certeza de que era o Mashiach. Assim, confiante de seu destino, levantou-se um dia no meio da sinagoga e se dirigiu a um lugar mais alto, a fim de ficar "mais elevado que qualquer pessoa". "É hoje, eu sei. Eu sou o escolhido. Eu sou o grande líder. Escuta, Israel." Seu rosto brilhava. Seu coração palpitava forte. Sua alma estava em chamas. E ele escolheu doze rabinos dentre os presentes para representar as Doze Tribos que se reuniriam durante seu reinado. Segundo a profecia, com a chegada do messias, essas perdidas e já esquecidas tribos finalmente se juntariam para conquistar o mundo. Assim, o teatro estava armado e muitos acreditavam nele. Ao se intitular Mashiach, ele saiu pela cidade de Gaza "como um rei, montado a cavalo" e mais certo do que nunca de que era o escolhido.

"Vamos, vamos todos para a Terra Prometida. Eu exijo meu trono." Ele se dirigiu, então, para Jerusalém. Tinha de cumprir as profecias. Tinha, também, de ser aclamado pelos rabinos e pela comunidade de lá, e rogava que o sultão lhe aceitasse. Natan permaneceu em Gaza, incumbido de espalhar a notícia da chegada do Mashiach.

Porém, ao chegar a Jerusalém, rezando para que todos o aceitassem com devoção, encontra o medo, a desconfiança e o receio. "Meu Deus, estás me abandonando?" Os rabinos e a população não acreditavam nessa loucura toda. Grande parte do povo judeu nunca estaria preparado para a realização das profecias, apesar da crença e da fé quase inabaláveis na chegada de um Mashiach. Se ele um dia de fato chegar, muitos não lhe darão crédito algum. Como não deram durante a chegada de Sabbatai Zevi.

Os rabinos se apavoram com Sabbatai. "*Dibouk. Dibouk.* Saia já daqui. Você não é bem-vindo. Nós não te aceitamos." Eles também têm medo de que o impostor desperte o ódio do sultão. Ele, o monarca islâmico, apesar das discriminações e das duras leis impostas aos judeus, deixava que o judaísmo fosse praticado até com certa tranquilidade. Mas eles não poderiam nunca desafiar o seu poder e a sua autoridade. Os rabinos decretam então: "Afastem-se todos dos alojamentos dos seguidores de Sabbatai para não incorrermos em pecado contra o sultão."

Sabbatai, que esperava glórias de Estado, oferendas, admiração, acaba sendo banido e expulso pelos rabinos de Jerusalém. Ele, que já vislumbrava seu trono, seu reinado, seu endeusamento, é excomungado. Apesar de ter conquistado alguns seguidores por lá, resolve voltar para Esmirna, mas antes disso passa por Safed e por Alepo e encontra muitos seguidores e entusiastas pelo caminho. Isso lhe dá ânimo para continuar. Isso lhe devolve a fé, perdida em Jerusalém.

A fé de muitos aumenta. As rezas mudam e em algumas liturgias substituem o nome do "rei de Israel" por "o sultão Sabbatai Zevi". Natan, agora mais certo e mais persuasivo do que nunca, canta para todos a glória do ungido: "Dentro de um ano e alguns meses, Sabbatai Zevi tomará o reinado do governante da Turquia, sem guerra, por meio apenas de cânticos e hinos e pelo louvor e gratidão de Deus, bendito seja, e o governante turco se colocará nas mãos de Sabbatai e o seguirá com os seus servos por todo o reino, e entregará tudo a Sabbatai Zevi". O profeta marqueteiro também tem dúvidas, mas agora não pode mais voltar atrás.

A alegria toma conta de seus seguidores. Todos estão eufóricos. É certo. É preciso. É sagrado. "Deus não nos abandonou. Finalmente Ele nos abençoará e nos dará o presente que precisamos, para compensar esses anos todos de sofrimento." E muito mais há de acontecer: "Todos os judeus serão considerados senhores e as nações serão obrigadas a executar seja o que for que eles ordenem. Cada indivíduo não circuncidado sentirá diante de um judeu o que sente o escravo diante de seu senhor e tremerá, e se encherá de medo e terror do que o judeu ordenar."

A esperança, o êxtase e a vingança habitam o coração dos seguidores de Sabbatai. Eles se tornam ferrenhos sabataístas. Finalmente, as perseguições, as fugas, os *pogroms* e a diáspora terão um fim. Finalmente, o povo de Deus será tratado como merece. Como sempre sonhou. Como sempre lhe foi prometido. Ninguém mais será visto como inferior. Como abjeto. Como desprezível. Muito pelo contrário — eles serão reis, nobres e sultões. Todos terão um poder além da própria imaginação.

E mais e mais menções são feitas ao vindouro período tão aguardado: "Depois que Sabbatai humilhar todos os reis da Terra, o Templo, reconstruído nas alturas, descerá em Israel [...] e ocorrerá a ressurreição dos mortos na terra de Israel, para os justos enterrados ali. E o mal será expulso da Terra e não voltará até a ressurreição geral, depois de quarenta anos, quando todos os mortos fora da terra de Israel se erguerão."

Dizem que lendas e prenúncios começaram a se concretizar. Alguns relatam sobre o retorno das Dez Tribos Perdidas de Israel. Segundo esse mito, essas tribos reapareciam para a guerra apocalíptica messiânica, assegurando o poder aos judeus e exterminando os inimigos. Noticiaram que um grande exército, "cerca de oito mil companhias de tropas, cada uma com cem mil homens", havia reaparecido das cinzas, pronto para a Redenção. "Dizem que um milhão e cem homens judeus estão a caminho, por terra e por mar. Fala-se que o sultão ofereceu Alexandria e Túnis aos judeus." Sabbatai houve os boatos e se inflama: "Sou eu mesmo. Eu sou o messias!" Ele faz festas, orgias, abusa da sua certeza e do seu poder. "É tão bom ser o escolhido", pensa, antes de dormir rodeado por seguidoras.

A redenção e os dias de glória estavam muito próximos. Os judeus finalmente venceriam. Júbilo. Certeza. Fim de uma longa espera. E o profeta canta para todos os cantos do mundo: "Logo virá o dia da redenção, o dia da redenção para o sangue inocente. Basta de definhar entre os inimigos. Vem, repousa em meu peito. Deixa-me beber teu hálito de especiarias, amada minha. Deixa-me ouvir tua doce voz, canta-me tuas canções, minha única amada, minha desejada. Canta tua canção de alegria — virei depressa em teu auxílio, para te livrar do longo exílio. Fiel é meu amor por ti, com uma coroa adornarei tua fronte. Renovarei tua juventude e florescerás como salgueiro próximo à fonte refrescante." Sabbatai, secretamente, anseia pelo seu harém.

## 7.

E ele, apoiado por muitos, e tomado da certeza de seu ofício, resolve partir para Istambul, lugar onde a autoridade vigente reside e onde, portanto, iniciaria o seu império. O império dos judeus.

A viagem de Esmirna para Istambul devia durar apenas duas semanas, porém foram quase quarenta dias até a chegada de Sabbatai e de seus seguidores à cidade. Essa demora se deu, talvez, em virtude dos tormentos do mar e do vento. E foi motivo de sarcasmo dos incréus: "Estando o vento na direção norte, o que é comum, a viagem de Sabbatai já durava trinta e nove dias, mas nem assim a embarcação chegava, tão pequeno era o poder que esse Messias tinha sobre o mar e os ventos."

Porém, os que acreditavam nele estavam ansiosos pela sua chegada, angustiados pela espera e aflitos pelo fim dos tormentos. E, além dos judeus, os turcos também sabiam da chegada desse grande problema à sua terra e, bem antes do navio do suposto escolhido atracar, Sabbatai acabou sendo preso e levado para uma masmorra. Alguns sugerem que os judeus que não acreditavam nesse Mashiach denunciaram sua chegada às autoridades locais e os incitaram a prendê-lo.

Muitos começaram a peregrinar para ver com os próprios olhos o ungido. E, graças às constantes visitas oportunamente cobradas pelos turcos, Sabbatai foi transferido para um lugar melhor. "Peregrinações regulares eram organizadas a partir da capital e nunca a atividade dos barqueiros foi tão próspera como então. Dia e noite, longas filas de barcos faziam carreira em ambas as direções. O governador da fortaleza arrecadou quantias substanciais com a venda de licenças para visitar o prisioneiro." A crença de que ele era o messias aumentou ainda mais: "A transferência de Sabbatai, de uma prisão horrível para outra com melhores ares, deu aos judeus mais confiança de que ele era de fato o messias."

E a História também é feita de grandes e belos acasos. Bons ou ruins. Uma visita especial mudaria o destino de Sabbatai, talvez o de toda a humanidade. Neemias Kohen era um conhecido lunático que realizava profecias sobre a tão aguardada vinda de um messias. Ele mesmo, em muitos momentos de insanidade, considerava-se o preferido de Deus. Apesar de excêntrico, desfrutava de uma grande reputação como profeta e cabalista, e era um dos poucos a ter estudado o messianismo, não a partir das tradicionais crenças de Luria e do *Zohar*, mas do livro *Os sinais do messias*. E isso havia chamado atenção de Sabbatai. Se ele também pudesse ser visto como o Salvador em outra corrente cabalista, talvez o mundo e o sultão lhe dessem mais crédito, libertando-o daquela prisão e dirigindo-o ao reinado eterno. Assim, os dois, Sabbatai e Neemias, encontraram-se na prisão e discutiram sobre a breve chegada da Era Messiânica.

Mas Neemias discordava de Sabbatai desafiando a tradicional crença em um só messias. Sua interpretação inédita e única ousava dizer que existiriam dois ungidos, um que se chamaria Efraim, e o outro, Davi. "O primeiro seria o precursor; o segundo seria grande e abastado, para restaurar os judeus de Jerusalém, para se sentar no trono de Davi e para levar a cabo todos os triunfos que se esperavam de Sabbatai." E Neemias se contentaria em ser o primeiro messias, o Efraim, o precursor de uma era imortal. Ele também buscava a glória, o reconhecimento e as honrarias. Queria viver esse primeiro instante como o legítimo messias, sentindo-se venerado, idolatrado e santificado. Esperou uma vida para ser reconhecido e achava que o momento finalmente havia chegado. Mas Sabbatai discordou dessa teoria toda. Talvez fosse ansioso demais (e também louco), e já que havia se proclamado o verdadeiro Escolhido, tudo teria de acontecer imediatamente. Ele não queria aguardar a glória de um outro qualquer. Ansiava pelo início do seu reinado.

Assim, os dois brigaram, Neemias maldisse Sabbatai e acabou se associando a alguns rabinos antissabataístas para vingar-se de quem chamou de impostor. Dizem que Neemias foi até o sultão e declarou que "o judeu prisioneiro no castelo, chamado Sabbatai Zevi, era um indivíduo lascivo, alguém que tentava corromper as mentes dos judeus e desviá-los de seu modo de vida honesto, da obediência ao *Grand Signior* e que, portanto, era necessário livrar o mundo de um espírito tão sedicioso e perigoso". O certo é que Sabbatai foi levado ao encontro com o sultão para prestar esclarecimentos.

## 9.

Sabbatai chegou escoltado a Edirne, a antiga capital do Império Otomano, no dia 15 de setembro. Os judeus que lá viviam, apesar de certas restrições, podiam manifestar sua fé e seus ritos em paz. E eles eram bem-vistos pelo poder otomano, já que eram um povo pacífico e não arranjavam problema. E, quando Neemias denunciou Sabbatai, o grão-vizir resolveu agir com presteza. Estava disposto a colocar um fim nessa paranoia toda.

Durante o caminho até o encontro com a autoridade otomana, ele, Sabbatai, refletiu bastante sobre suas atribuições. "Adonai. Adonai. Adonai. YHVH. Sou o seu escolhido ou sou mais um falsário? Dá-me forças." Ele tinha medo de que não existisse Céu, salvação ou Deus. Que o mundo fosse contingente. Que sua presença ali, naquele instante, só pudesse enfurecer o monarca. E que ele, nada santo, apenas louco, não pudesse convencer mais ninguém do seu sacerdócio. Só ele sabia que naquele instante representava apenas a si mesmo e que temia por sua morte.

Até aquele momento, talvez, tudo aquilo era um grande conto de fadas. Uma grande brincadeira. Um circo místico. Ao se ver confrontado com a realidade, com a possibilidade da morte, com a inexistência de poderes sobre-humanos e com a certeza da ausência de Deus, Sabbatai tremeu. Ele não queria morrer; também não imaginaria outra possibilidade, já que havia se dedicado inteiramente a seguir esse caminho. Mas como julgar o medo de uma pessoa comum? Como julgar o pânico ao encarar a morte? Como desafiar Deus?

E o grão-vizir viu em Sabbatai uma oportunidade de espalhar ainda mais o seu poder. Sabbatai, apesar de renegado, era o líder de muitos, e ele poderia usá-lo para atrair mais seguidores e devotos. Era o momento perfeito para o proselitismo muçulmano. Assim, o líder, persuadido pelo seu ministro Vani, acreditou que "os terríveis incêndios em Constantinopla e em Gálata no ano de 1660, a pestilência sem paralelo dos últimos anos, e ainda o avanço insignificante dos turcos sobre os cristãos havia alguns anos eram parte dos julgamentos divinos que recaíram sobre os muçulmanos como represália ao excesso de liberdade que deram à religião católica e judaica", e viu que deveria ser autoritário naquele instante. Vani queria que Sabbatai e seus seguidores abraçassem sua fé, mostrando ao mundo seu poder e a supremacia desse império.

Mas os crentes, não sabendo nada acerca das dúvidas de Sabbatai, estavam eufóricos. Finalmente o ungido iria se impor. Finalmente chegara a hora tão sonhada, tão esperada e tão almejada por todos os judeus. Os sabataístas tinham certeza de que o sultão iria se curvar diante do Mashiach, pedir perdão pelos pecados de todos e conceder o poder ao judeu, tornando-se escravo dele. Procissões passaram pelas ruas de Edirne, com cânticos e gritos de alegria. Em júbilo, olhavam para os céus com lágrimas e certezas nos olhos. Muitos já estavam com as malas prontas para o retorno triunfante à Terra Prometida.

E, dentro do castelo, o interrogatório tem início. Sabbatai está em pânico. Vomita. Urina nas vestes sagradas. Não consegue falar. "Ele parecia muito abatido, sem a coragem que costumava demonstrar na sinagoga. E, sendo-lhe feitas várias perguntas em turco, pelo *Grand Signior*, ele não confiou nas virtudes do seu messiado o bastante para se expressar no idioma turco, e foi-lhe concedido um intérprete." Já nesse início, portanto, ele se mostrou fraco e inculto. Não era o filho preferido de Deus. Não lançava chamas com seu olhar, não era capaz de falar o idioma babélico e não despertava o medo e a admiração daqueles que o desafiassem. A verdade é que ele não passava de mais um triste louco com sonhos megalomaníacos.

Mas ele ainda contava com certo respeito. Tinha muitos seguidores, e muitas histórias eram contadas sobre seus grandes feitos. E, então, com um pequeno receio de que algo surpreendente pudesse acontecer, "o *Grand Signior* exigiu um milagre, que deveria ser de sua escolha. Ele pediu que Sabbatai fosse inteiramente despido e colocado como alvo de seus exímios arqueiros. Se as flechas não atravessassem seu corpo, mas sua carne e sua pele fossem tal qual armadura, então ele acreditaria que Sabbatai era o Messias, e a pessoa a quem Deus tinha destinado para os domínios e a grandeza que ele pretendia". E Sabbatai estremeceu. Chorou. Chorou como uma criança. "Por favor, por favor, por favor. Tenham piedade de mim." Ao despirem--no, ele talvez tenha encontrado a razão. Um louco qualquer tentaria endurecer sua carne, gritar o nome de Deus, morrer por uma causa certa, nobre e insana. Mas ele era humano, muito humano. E temeu pela dor em seu corpo. E "não tendo fé suficiente para enfrentar um julgamento brutal, reagiu a esse desafio com a renúncia a todo direito sobre Reinos e Governos, alegando ser um rabino comum e um judeu igual aos outros, e que não era melhor que ninguém". A crença no messias judeu era muito mais mendicante e ordinária que a crença no messias católico.

E foi nesse instante que o sultão declarou a punição. Que "por ter escandalizado em público os mestres da religião maometana, e desonrado a autoridade soberana dele ao pretender tomar-lhe uma considerável parte da terra da Palestina, sua traição e seu crime só poderiam ser expiados com a conversão ao islamismo. Caso se recusasse a fazê-lo, uma estaca estava preparada para empalá-lo". Sabbatai teria uma lança enfiada em seu ânus saindo pelo seu peito caso mantivesse sua fé judaica.

Apavorado, atemorizado, completamente lúcido e sem virtuosismo estúpido algum, Sabbatai se ajoelhou em prantos aceitando a conversão. E diz que Sabbatai abraçou urgentemente a fé islâmica com a mesma paixão que havia abraçado a judaica.

# 10.

Profeta ou charlatão? Escolhido ou inventado? Mashiach ou *dibouk*? A verdade é que Sabbatai foi a figura judaica e humana mais comentada e pesquisada do século XVII e tem rendido muitas histórias tristes e felizes.

Na própria Torá já se pode encontrar uma menção aos próprios judeus desgarrados. Aqueles estrangeiros de si mesmo, auto-odiados e convertidos eram conhecidos como Zar: traidores do judaísmo e das suas raízes. Mas esses teriam sido apenas vítimas e vitimizados pelo sentimento de ódio e pelas constantes perseguições, ou autênticos falsários e desertores? Sabbatai e todos os apóstatas e suicidas são realmente culpados?

Sabbatai pode ter abominado toda essa invenção de ser o escolhido e ter se conformado em seguir o caminho do dominante. Ele pode ter renunciado à fé e à loucura judaica e se convertido a um outro delírio apenas para fugir da tortura. Ele pode até mesmo ter adorado e abraçado a sua apostasia.

Ele ainda tem muitos seguidores secretos. Muitas seitas acreditam que sua conversão tenha sido mentirosa e que tudo aquilo foi um jogo para ludibriar o sultão. Eles esperam que Sabbatai volte um dia, numa carruagem, cuspindo fogo, e revelando o verdadeiro caminho de Deus. Que ele retorne triunfante, salvando todos os judeus que se mantiveram fiéis à crença de um Mashiach judeu, e que continuaram crentes mesmo depois de sua suposta traição. Sim, ele irá retornar em resplendor, esclarecendo todos os mistérios do mundo e, sobretudo, os segredos dos medos e das incertezas humanas. Muitos aguardam seu retorno. O retorno de um sonho utópico pela salvação judaica.

**11.**

Uma triste suspeita é que talvez nunca existirá Mashiach, ou salvação alguma para a humanidade. "No ano que vem *não* estaremos em Jerusalém."

## Pertencer: a verdadeira morte

**1.**

Ele enlouqueceu junto com seus personagens. Já não sabe mais de quem fala. Ignora de quem são as dores, as memórias, as tramas, os traumas e as invenções. Desconhece e adultera as verdades históricas, as biografias, as próprias reminiscências. Ele precisa testemunhar sua mediocridade. Tem que confessar sua fragilidade e sua ojeriza. Busca alguma forma de redenção e de suplício através da escrita.

**2.**

Ele começou a recordar a própria infância. Da vontade que tinha de ser diferente. De ser ainda mais especial entre os já escolhidos. Para ele, o caminho percorrido pelos outros não poderia nem deveria ser o seu. Ele queria superar o que os outros puderam sonhar. Ser mais do que seus antepassados almejaram. Mais, muito mais, que o futuro poderia lhe reservar. E assim o jovem e insólito artista principiou o falseamento dos seus sonhos e de suas autoficções.

Na infância, ele — como todos os personagens desse livro — também poderia ter se engendrado como alguém brilhante. Genial. Excêntrico. Espetacular. Mas isso seria uma grande mentira. Sim, ele cometia atos risíveis, surpreendentes, inesperados e inconcebíveis, como todos os seres fabulosos. Talvez suas ridículas professoras o encarassem com relativa desconfiança. Seria ele um idiota completo? Um menino-problema? Uma criança medíocre ou um futuro gênio? O fato é que elas nunca o notaram. Nem elas nem as colegas. Ele nunca foi especial.

Mas a verdade é que os personagens deste livro somente foram eternizados após o reconhecimento público de sua genialidade. Ou de suas loucuras. E só agora ele, o autor, o narrador, o protagonista, o louco, o incestuoso, o artista auto-odiado e o neurótico se dá conta de que todos os seus personagens são partes indissociáveis de si próprio. Todos eles foram lentamente introjetados ao serem escritos. Toda dor, angústia, insatisfação, crueldade, sexualidade, ironia, perseguição, culpa, medo, cólera e loucura foram também vivenciados por esse autor/narrador.

Ele foi apenas mais uma criança sensível, sincera e suscetível buscando desesperadamente um lugar nesse mundo insano. Alguém mendigando um olhar de anuência. Mais uma perdida alma que buscava compreender toda essa loucura judaica em que sempre esteve imerso, e em que já não aguentava mais continuar absorto. Mas, ao final do livro, ele surpreendeu-se ao descobrir que a escrita afervorou suas quimeras. Ele não foi salvo pelas suas palavras.

3.

Assim como seus personagens, ele sempre teve uma necessidade enorme de pertencimento. Pertencer a algo, a alguma coisa, a alguém: uma busca sufocante por algum significado, algum sentido, alguma razão ou sentimento que pudesse inseri-lo no todo. Talvez uma procura metafísica pelo seu verdadeiro destino ou pela sua legítima maldição. Esse desejo de pertencimento é uma fraqueza, mas também um objetivo. Algo a alcançar e com o que sonhar.

Ele inicialmente tentou descobrir seu lugar na religião. Nessa prática, por vezes fascinante, e por vezes ridícula e pragmática, de ritos. Na crença em uma essência que tantas vezes não significa nada e que talvez seguirá vazia e inócua eternamente para ele. Mesmo assim, ele se empenhou em conhecer todas as rezas e todas as histórias do povo judeu com o desejo de fazer parte de algo maior. Ele aprendeu tudo o que a sua medíocre escola ensinava. Infelizmente, não teve uma formação completa e substancial como seus mestres Singer, Agnon, Aleichem, Spinoza. Mas teria ele conseguido se livrar de toda crença e religiosidade, como esses escritores, se tivesse vivenciado uma formação melhor? Possivelmente não. Ele agradece: "Deus escreve certo por linhas tortas."

Tentou ainda se aprofundar na religião convivendo com os ortodoxos. Uma seita fundamentalista o recebeu com os braços e a Torá abertos. Mas as explicações, o culto e a liturgia eram muito chatos. Exigiam uma profunda e infinita entrega de corpo e alma. Por mais religioso que ele se achasse, sempre havia uma outra seita que se julgava mais merecedora do monopólio de Deus, ocasionando diversos conflitos internos. Por isso, ele também acabou se afastando desse mundo paranoico. Delirante. Alienado. Como Daniel Burros? Não. Mas não sem deixar marcas indeléveis, ressentidas e profundas no seu eu. Ele tentava encontrar um lugar, um caminho, um abrigo, mas não conseguia simplesmente pertencer.

Pertencer, de fato, não é nada fácil. Talvez seja utópico, improvável e impossível. Ele tinha que pertencer, como todos, mas a quê? Os judeus, apesar de viverem e compartilharem um ambiente parecido, nutrem um sentimento estranho por si, pelos outros judeus e também por todos. Esse olhar já está contaminado pelo ódio, pela perseguição e pelo preconceito do outro, mas eles não sabem nada disso. Apenas sentem na pele. Talvez eles cultuem tão somente uma tradição inventada, idolatrem algo que nem são capazes de conceber e desprezem constantemente a crença, a cultura e a vivência daquele que não consideram seu igual. Assim, primeiro existe uma discriminação pela conduta do vizinho. Do vizinho judeu, com raízes de outras terras e outros costumes. Depois também discriminam o vizinho do vizinho, também judeu, mas que veio de uma família comunista, ou sionista, ou pouco religiosa, ou que come porco, ou que mistura carne com leite, ou que anda de carro no *Shabat*. Ou ainda aquele vizinho que é casado com uma *goy*, ou com uma negra, *shwartz*, ou que não é bem-sucedido na vida. Ou, na verdade, sei lá o quê. Eles simplesmente não acolhem o outro e tampouco aceitam a si mesmos. E eles são parcialmente culpados, responsáveis e também inocentes por tudo isso. Foi o que ele compreendeu.

Eles também discriminam, e muito, o vizinho do outro lado. O que não é judeu. O que, historicamente, o olhava com desprezo. Escárnio. Ódio. Aquele que os acusa eternamente de beber o sangue de inocentes durante o culto satânico judaico. Os que os comparam a demônios. A deicidas. A loucos. A desprezíveis. Sim, olhando o vizinho do outro lado, mesmo sem saber, todo esse fardo cruel é descarregado inconscientemente. Assim enxergam o vizinho como inimigo do seu povo. Da sua cultura. Dos seus valores. Porém, é somente nesse instante que os diferentes mundos judeus se encontram. O olhar perverso, discriminatório e odioso do outro é responsável pela constituição do povo judeu.

Assim, como todos esses estrangeiros de si mesmos, ele cresceu sob a vigilância contraditória e ardilosa do pertencer e do não pertencer a coisa alguma, apenas sendo obrigado a sentir o peso dessa maçante carga histórica.

## 4.

E crescer é sofrer. É perder a ingenuidade. É expor e extravasar aquilo que recebeu, mesmo sem saber muito bem o que seja. Ele então cresce e vai absorvendo outras fontes, sobretudo as literárias. Ele se estarrece ao conhecer a grande escritora judia, que relutava em ser conhecida como partícipe do povo escolhido. Clarice Lispector.

Recorda-se das suas leituras quando jovem e de como Clarice encarava toda essa questão judaica. Isso o comoveu muito, mas só nesse instante, ao escrever, ele se dá conta disso. Somente agora percebe por que ela lutava tanto para se declarar sem religião. Afirmar que não era estrangeira e que não tinha vínculo algum com o povo escolhido. Que seu sotaque era por conta de sua língua presa. Presa, não a uma pátria distante, longínqua, perdida, e também não a uma cultura milenar, tresloucada e sempre perseguida. Sua língua presa era apenas sigmatismo e ela era uma escritora plenamente brasileira. Mas sua recusa, negação, rejeição à cultura judaica é, sem dúvida alguma, o próprio reflexo especular. Se ela nega, se ela rejeita, se ela quer afirmar tanto sua desvinculação total, algo existe. Subsiste. Permanece. E esse algo é muito grave. Sério. Profundo. Importante.

Ele perscruta seu interior e se vê representado como Macabéa em *A hora da estrela*. Talvez o grande livro judaico. Talvez o que tenha chegado mais perto da essência cruel, inútil e impossível de um povo milenar, que não pertence a nada. "Ela era subterrânea e nunca tinha tido floração. Minto: ela era capim." O povo judeu é esse capim, que insiste em existir com todas as suas idiossincrasias e adversidades. E é capaz de brigar e odiar a si mesmo. E pedir perdão por tudo. A frase pronunciada por Macabéa, "Me desculpe o aborrecimento", ressoa eternamente nele. Ele sempre se desculpou por existir, sem nunca saber o porquê. Ele não é culpado.

Para Clarice, pertencer é viver. Já para ele, que nunca pertenceu e que nunca negou o pertencimento como ela, não havia possibilidade, então, de continuar vivendo. Assim ele se torna um jovem melancólico, alheio, distante e desamparado. Não por culpa do olhar de seus pais, sempre presentes e dando-lhe essa prisão de amor que se abate para sempre sobre o seu futuro, mas por conta do olhar do outro, que ele já havia assimilado. Ele passa a não querer pertencer, nem a não pertencer de fato. Habita a terceira margem do rio e não deseja mais viver.

Até a escritura deste livro, e da menção aos personagens suicidas, ele não se lembrava desse momento vergonhoso e escondido na própria história. Ele não estava de bem com o mundo, mas também não conseguia alienar-se por completo dedicando-se patologicamente a alguma coisa como Bobby Fischer, por exemplo. Ele acaba se tornando um jovem sem vida, deprimido, desanimado. Talvez apenas para chamar atenção daqueles que o desprezavam. Talvez apenas para ser notado pelas amadas. Talvez apenas para ter certeza de que nunca teria coragem de se matar, mesmo fazendo apologia. Assim ele vive à margem, cresce, escreve e sofre.

## 5.

Ele lê pela primeira vez Wittgenstein. Encontra-o partilhando da mesma amargura. Da mesma dor e do desprezo por si, pelo seu povo, pela humanidade. Adoração lógica. Ele quer fazer filosofia. Quer ser gênio. Quer ser louco. Quer mudar o mundo. E ser notado. Mas não tem força para nada disso. Estaria sentindo os efeitos da neurastenia? Da distimia? Da histeria? Tudo isso seria de fato mais frequente nos judeus como haviam dito os médicos dos séculos XIX e XX? Ele não sabe de nada, mas somatiza tudo. E de todas as maneiras.

Então ele descobre Otto Weininger e Heinrich Heine. Lê com certa ironia *Sexo e caráter*. Ridiculariza o fato de Weininger ter se matado por ser judeu e homossexual. Ele não é homossexual e nunca vai entender essa questão. Respeita. Mas se sente verdadeiramente judeu. Muito judeu. Ama e odeia esse sentimento desde sempre e, por isso, compreende tardiamente Weininger. Mas não sabe como se portar, já que considera risíveis as teorias sexuais discutidas pelo jovem filósofo. Weininger nunca deve ter feito sexo com ninguém. Só teoria esdrúxula. Ele discorda veementemente do filósofo. Desmerece. Despreza. Distorce suas ideias. Mas não sabe que dentro de pouco tempo estará praticando tudo aquilo que leu e que já tinha esquecido.

Ele tem finalmente seu primeiro encontro carnal. Tudo que filosofia vã nenhuma concebe. Sexo e prazer. Manda, então, à merda toda essa besteira de suicídio. Quer viver. Quer gozar. Quer conhecer muitos corpos. Apaixona-se pelas bundinhas. Pelas várias constituições e formas arredondadas. Tem certeza de que a bundinha *goy* é mais bonita que a bundinha judia. Não sabe que daí surgirão outros conflitos.

Ele tem uma curiosidade quase doentia em conhecer todas as expressões das mulheres quando gozam. Empenha-se na tarefa de fazê-las gozar. Ele gosta. Não é altruísta. Há algo perverso nisso tudo. Dedica-se profundamente à prática do sexo oral. Não se importa muito consigo mesmo durante os primeiros encontros carnais. Ele quer, quer muito, conhecer os mistérios do prazer. Da mulher; corpo estranho. E, sobretudo, do mundo *goy*. Ele se lambuza de conhecimento e de pequenas mortes.

Ele assiste aos filmes de Ron Jeremy. Não sabe que ele é judeu. Deseja conhecer todos os gemidos das mulheres com quem ele já se relacionou. Deseja que suas mulheres tenham tanto prazer como falseiam as dos filmes, mas nunca consegue. Nem quando se encontra com mulheres que o ludibriam. Ele ama e detesta toda essa ficção pornográfica. Abjeta toda a prática de Onã, e também sua história bíblica. Mas acaba se viciando em viver um prazer inventado.

Finalmente, ele se relaciona com uma mulher judia. Essa mulher que o faz lembrar-se da figura da própria mãe. Da mãe judia: onipresente, onisciente, mas não tão bondosa. Ele tem medo de se tornar um personagem dos muitos livros de Philip Roth. Tem pânico de não conseguir transar com uma judia. Teme ser brocha diante dessa mulher, tão idealizada e cultuada. Mas ele consegue amá-la, para sua sorte. Lembra-se de Freud e não separa mais a mulher da mãe. Incrível. Com todas as suas neuroses, não imaginaria, nunca, que poderia se livrar dessa. Ele consegue se apaixonar de corpo e alma pela mulher, não importando que seja ou não judia. Mas sabe que essa questão será insolúvel a longo prazo: ele não conseguirá se envolver com ninguém por muito tempo. A figura perfeita de sua mãe, que ainda não conseguiu matar metaforicamente, vai sempre ressurgir na sua mente. Grande. Poderosa. Insensata. Como nos filmes do Woody Allen de que tanto gosta.

Então ele se recorda de como Allen trata desses problemas e também de toda a neurose pela busca da consanguinidade matrimonial. A endogamia judaica o afronta, mas ele a deseja bastante. Reflete sobre o incesto, sobre o pecado, sobre a sublimação. Será que vai desejar, também, a própria filha, se um dia tiver alguma? Será que tem mais tesão pelas ninfetas do que pelas mulheres?

Mas ele é neurótico: relacionar-se com alguém do mesmo povo impede a variabilidade genética. Melhor então se misturar. Mas esquecer a luta e a dor para permanecer fiel ao sangue é como trair seu povo perpetuamente. É como deixar que os antissemitas e os nazistas triunfem. Porém, olvidar tudo isso seria provar que ele está além dessa banalidade toda. Que ele é um ser melhor, mais esclarecido e talvez superior. Entretanto, pensar dessa forma é se assimilar. E já está mais que provado que a assimilação não dá certo. Em suma, está completamente perdido, assim como alguns personagens criados pelo cineasta americano. Ele então escreve sobre a vida de seus personagens, menosprezando seus problemas. Sabe que "do que não se pode falar, deve-se calar", mas não se cala. Fala, fala mais do que deve. Caçoa da vida de Allen, e de todos os outros. Um grande refúgio, fugir sempre de si. Ele ainda não sabe, mas está refletindo sobre os próprios medos.

Ele descobre que ela, a mulher judia, também quer dar mais prazer do que sentir. Ela, assim como ele sempre fez, empenha-se na tarefa de satisfazer quase que exclusivamente o parceiro. Isso é uma grande descoberta e uma invenção mentirosa. Ele não esteve com tantas mulheres judias assim para poder conspirar uma teoria tão perversa. Mas ele assimila o imaginário do inimigo. Liberta-se e abraça as teorias sexuais de Weininger. E o auto-ódio de Daniel Burros também é entendido. Ele reflete: "Os judeus seriam pessoas subservientes? Seria essa constatação que fez com que tantos se rebelassem contra a própria origem? Seria esse o grande segredo da perpetuação do povo e da cultura judaica? Seria também esse o motivo de tanta admiração, encantamento e desprezo? O que é verdade, o que é ficção e o que faz parte das crenças apócrifas e desprezíveis? Essas ideias seriam um novo, secreto e inconsciente *Protocolo dos sábios de Sião*?" Talvez tudo seja uma grande mentira, mas que acaba se tornando uma possibilidade factível. Ele ama ser judeu.

Ele namora e cogita compartilhar uma vida a dois. Família. Filhos. Planos juntos. As mulheres o encantam. O provocam. O amam. Ele as ama também, mas começa a viver um grande conflito. Quando sai com mulheres não judias, encanta-se por sua cultura, por seus valores, criação e influências. Ludibria-se, achando que um novo mundo surgiria diante da possibilidade de se relacionar e viver uma vida com esse outro, mais estranho ainda. Mas, de repente, e sem razão conhecida (somente adormecida), todos os seus valores judaicos, culturais e supostamente milenares renascem. Passa a amar as coisas que inventou acerca do seu povo. Ilude-se e acaba almejando um casamento judaico, filhos judeus, escola e comunidade judaica. Ele se autoengana. Sabota e boicota a possível felicidade ao lado da mulher que agora ama. Ou que inventa um amor. Ele então despreza a namorada. (Ou ela o despreza. Que diferença faz?) A vida feliz que podiam viver é jogada fora em meio a incertezas inventadas. Ele encanta-se novamente pelo judaísmo. Mas nunca pela religião.

Ele então se empenha na tarefa de encontrar uma mulher judia. Até aceita que lhe sejam apresentadas mulheres de todos os cantos do Brasil. Conhece várias, e despreza quase todas. O sentimento de auto-ódio aflora. Não quer ser membro de comunidade e mesquinharia nenhuma. Não quer que sua esposa (nem a família dela) seja tão neurótica, obsessiva e paranoica como ele. Relaciona-se com várias mulheres de crenças e criações ainda mais loucas que as suas. É difícil ser judeu. Também é difícil deixar de ser. Ele imagina seus filhos insanos, perdidos e arruinados. Compreende finalmente os lamentos e o desprezo de um escritor que lera anos atrás e que muito depreciou: Samuel Rawet. Ele não sabe que todo esse amor e ódio que sente não são culpa sua, mas do olhar preconceituoso, milenar e odioso do outro.

Ele então não sabe o que fazer. Volta a habitar a terceira margem. Haveria uma possibilidade? Uma salvação? Uma pessoa que solucionasse seus terríveis conflitos? Entrega-se inteiramente ao acaso, ao destino, ao contingente, mesmo sem ter fé nenhuma.

Surpreendentemente, ele conhece uma mulher maravilhosa quando vivia um momento idílico, mágico e surreal de sua vida. Ela é um fascínio. Um amor. O brilho eterno que tanto procurava. Ele a admira de corpo e alma. Ela, ao saber que ele é judeu, diz que também é judia, mas sem muitas raízes. Ele se encanta ainda mais. Um sonho. Alguém que é e não é simultaneamente. É o que ele inventa e almeja para si. Depois ela diz que apenas seu pai é judeu. Ele se apaixona perdidamente. Ela, além de todos os encantos, de ter um passado interessante, e um futuro promissor, de ser inteligente, engraçada, linda, e de ter uma bundinha e um perfume maravilhosos, ainda tem rastros esquecidos dessa cultura milenar. Perfeita. Deseja-a ainda mais. Depois ela diz que somente algum ancestral da família do seu pai tinha sido judeu. Ele, nesse instante, já não dá mais a mínima atenção a essa pífia questão judaica (engana-se): está inteiramente entregue à loucura dessa paixão maior.

Eles se amam. Insanamente. Talvez a única vez que ele tenha pensado seriamente em se casar, em ter filhos e compartilhar alegrias e tristezas. Eles conversam muito. Conversam sobre tudo. Ele conta seus terríveis conflitos. Talvez o grande erro de sua vida. Ela o escuta com demasiada atenção. Ela é louca e ele não tinha percebido. Ele não quer se encontrar no meio de gente louca. Mas não pode evitar. Ele também é louco. Ela é louca. Todos são loucos. Mas ele ainda não sabe disso.

Ela introjeta tudo o que ouviu da boca dele. Diz que quer se converter. Que quer resgatar o passado perdido dos ancestrais do pai e retomar o que foi esquecido através das conversões forçadas. Ela quer, quer enormemente, pertencer a alguma coisa. Ele não acredita em conversão, mas aceita a paixão dela. Diz que a amaria igualmente, mesmo sendo convertida, mudada e profanada. Ela fica puta de raiva. Não quer se converter. Não acredita em nada disso. "Somos seres humanos, não há raça e diferença entre nós." Ele está de acordo com ela. Seu argumento é incontestável. Ele a ama acima de tudo e acha até bom que ela nunca se converta.

Ele diz que a aceita assim mesmo, como o ser humano que é. E ela fica ainda mais puta: "Você não quer que eu pertença ao seu povo. Você nunca vai me acolher." Ele diz que sim, que vai abraçá-la. Que o amor os une e que enfrentarão qualquer coisa juntos. (Ele descobre mais tarde que mentia, mas uma vida feliz pode sim ser vivida mesmo que calcada numa mentira.) Ela não sabe. Ela não acredita nele. Ela não se decide. Nem ele. Brigas. Discussões. Absurdos. Eles se desencontram dolorosamente. Eles se afastam, mesmo sem querer.

Ele não sabe o que aconteceu. Ainda a ama. E a amará durante muito tempo. Mas não sabe verdadeiramente se a queria convertida ou não. Queria ela assim, como era, vivendo esse enorme conflito pelo pertencimento. Mas isso era impossível para ela. E eles não foram capazes de compreender. Eles então se separam da forma mais dolorosa jamais concebida. (Aí está o poder da literatura.)

Ela desaparece sem deixar vestígios. O apartamento fica vazio, assim como o coração dos dois amantes. Ele afoga a dor como nunca tinha feito antes. Sabe que isso vai voltar um dia. E muito mais forte. Sabe que tem de se dedicar à escrita, se tem gana de sobreviver.

Então começa a escrever. Escreve loucamente, por horas e horas intermináveis. Ele literalmente entra em seu livro. Vive inteiramente o sofrimento dos seus personagens inventados. Sente a dor profunda de um parto, e da angústia por essa grande espera. Ele termina uma bela obra de arte. É premiado. O livro nasceu da sua dor e loucura, fruto legítimo da rejeição dessa mulher. Não sabe se valeu a pena nem nunca saberá o que perdeu.

Ao chegar ao fim dessa jornada quase psicografada pela agonia, o recalque que tanto temia resolve emergir. Todo o amor ressurge assombrosamente. Agora sem o objeto amado. Terrível. Ele se deprime como jamais imaginou. Ele enlouquece mais que os personagens. Tenta buscar as raízes, causas e motivos para sua insanidade momentânea. Atribui ao judaísmo. Ao olhar do inimigo. Ao preconceito. A Auschwitz. Não sabe mais de nada e torce para que isso passe logo.

## 6.

Nesse período de escuridão, ele tem alguns momentos de lucidez e alegria. Inventa um personagem para disfarçar esse período do luto. Faz piada com o próprio luto. Já não sabe o que é realidade ou ficção. Vai se transformando em um comediante para ludibriar seu pesar. Ou para servir aos propósitos do outro. *El otro, el mismo.* O mundo lhe parece estranho. Sombrio. Fora de foco. Encantado e desencantado a todo instante. Vive um conto de fadas e um pesadelo simultaneamente. Ele olha, enxerga o mundo, mas não está de acordo. Não se encaixa muito bem nele. Volta a pertencer e a não pertencer.

Ele se lembra de quando era leve. Ou de quando encarava a vida de uma maneira diferente. Ou de quando não deixava a vida afrontá-lo de uma forma perversa. Apenas brincava com a loucura e dizia não se importar com o olhar alheio. Ele se lembra dos períodos em que morou fora do país. Sentia-se livre. Sentia-se o escolhido. O especial. O mais importante. Ele se recorda da primeira vez em que leu sobre a vida de Sabbatai Zevi e o achou um grande impostor. Um maluco. Um caso ridículo e engraçado. Também se lembra da sua vivência religiosa. E de quando esteve entre os ortodoxos. A esquizofrenia coletiva deles criou um grande líder, o Rebe de Lubavitch, que muitos chamam de Mashiach. Brincadeira? Fantasia? Desejo? Ele se dá conta de que também já teve esses sonhos grandiosos. Sonhos que acabariam com esse seu luto.

Também já quis ser o messias. O escolhido. Aquele que acabaria com os muitos anos de perseguição e discriminação. Ele achava que falar isso era uma zombaria. Uma besteira. Uma forma de depreciar a religião. Mas hoje compreende que há algo mais profundo, cruel e sutil nesse desejo de colocar um fim ao sofrimento. A criação de um escolhido é uma pequena revolta pelos milhares de anos de diáspora. Uma leve insubordinação diante do poder do outro. Uma inconsistente desordem do equilíbrio da razão. Ele reconhece o desejo de Lubavitch, de Sabbatai e de todos os seus seguidores sedentos por sentido, razão e motivo para sepultar toda essa opressão judaica. Eles não são culpados. Nem ele também. Todos anseiam pelo perdão.

Mas, mesmo compreendendo um pouco mais os seus protagonistas, e a si mesmo, sua depressão não passa. Ele se assusta ao ficar cada vez mais perturbado. Mais perdido. Mais doente. Ele vai inventando diversos personagens para encarar esse mundo adverso.

7.

Ele começa a estudar os escritos dos sobreviventes do inferno de Auschwitz. Passa a ter certeza de que Auschwitz é o único marco que hoje congrega os judeus. Assim como as perseguições, desde a época tribal, fizeram com que seu povo não desaparecesse como muitos outros; o preconceito oprime, mas também fortifica (a duras penas) e perpetua a existência. Ele entende que a religião não dá conta de unir. Que a cultura é sempre muito diferente e que acaba afastando as pessoas ainda mais, além de criar pequenos grupos separados. Ele se recorda de que o sionismo também recebe constantes críticas, mesmo entre os judeus, sobretudo na contemporaneidade. Ele se desilude com o linguista do MIT que tanto admirou, Noam Chomsky. Ele tem certeza da força da cólera.

Rememora o sonho utópico do socialismo, essa falsa igualdade que permitiria aceitar e acolher o judeu em qualquer sociedade, mas que se mostrou um grande fracasso. Lembra-se das crenças impiedosas antijudaicas de Karl Marx, mas hoje o perdoa. Também pensa na assimilação do judeu alemão, e para onde todos eles acabaram sendo enviados. O fato é que os judeus nunca pertencerão a parte alguma. Talvez, ele tristemente reflete, as fornalhas tenham sido a única forma de aproximar esse grupo tão distinto, disperso, distante. Considera esse pensamento terrível. Mas ele não tem culpa. (Tem sim.)

Ele se ilude e acha que escrever salva. Começa a escrever para se libertar. Escreve para falar dos seus traumas, como fazem os testemunhos que tanto pesquisa. Seus traumas, no entanto, são extremamente banais, considerando toda a literatura que leu. Ele se culpa por ter uma vida privilegiada. Feliz. Afortunada. Teve algumas pequenas dores ao longo da jornada. Não aceita, então, que esteja deprimido, nem louco.

Ele também não consegue acreditar que tudo aquilo que pesquisa sobre a *Shoá* tenha de fato se passado. Ele sabe racionalmente que tudo aconteceu, que tudo foi "verdadeiro", mas não pode aceitar nada disso. Para continuar vivendo, precisa se afastar do seu objeto de estudo, coisa que não consegue fazer quando escreve ficção. Ele então visita Auschwitz e Treblinka, e aquilo lhe causa uma comoção sobre a qual não é capaz de falar. Nem de escrever. Nem de imaginar. Mas tudo começa a eclodir através de doenças em seu corpo. Ele passa muito mal do estômago, o que atribui à alimentação de lá. Também tem febre e vômitos, e crê que tenha pegado algum vírus estranho na viagem. Fica tonto, nauseado, fraco, mas acredita que seja por causa dos dias em que não conseguiu dormir direito.

Nessa viagem ao inferno, ele não consegue mostrar o personagem divertido e irônico que fez de si. Acha que é por conta do grupo entediante que o acompanha, já que não se envolveu emocionalmente com ninguém. Nem desejou sequer uma bundinha. Ele se engana; só agora, ao escrever este livro, compreende toda convulsão de sentimentos e doenças. Ele está sentindo tudo, e mais forte ainda, nesse momento.

Ele se refugia na literatura. Acha que esse é o caminho da sublimação, mas segue se enganando. Ele então conhece a história, e a obra, de Sarah Kofman. Transtorna-se completamente. Inventa e abraça a dor dessa pobre criança. Transforma e aceita a dor dessas perversas mães. Constrói um ódio pela sua amada França. Por Paris. Pelo lugar que tanto desejou viver. Passa a não pertencer a lugar nenhum. Nem sentimentalmente. Um turbilhão de emoções negativas ressurge e emerge em seu corpo. Ele se compadece pela morte de Kofman.

No começo, não entendia nada sobre o suicídio. Ainda não entende. E nunca vai entender. Mas hoje encara de forma diferente. Os nomes Kofman, Paul Celan, Primo Levi, Walter Benjamim, Stefan Zweig ressoam em sua mente. Descobre que os sobreviventes da *Shoá* são três vezes mais suscetíveis a cometer suicídio. A maior taxa de suicídio de toda a história da humanidade. Brutalidade ou libertação? Há muito mais mortos que os que pereceram nos campos. Ele pesquisa e se apavora ao saber que até mesmo alguns religiosos, que têm como lei suprema nunca se matar, fizeram pedidos formais a rabinos nos campos alemães para pôr fim a tamanho abandono. Religiosos suicidas? Só agora imagina a angústia, o desespero, o sofrimento e a loucura dos sobreviventes que escolheram esse caminho. Esse caminho que um dia ele brincou que seguiria.

## 8.

Ele começa a escrever este livro achando que seria uma grande libertação. E uma grande piada. Acredita que a sua depressão e tristeza tenham passado. Imagina que agora tudo vai ser mais fácil, leve e divertido. Quer ironizar e refutar as crenças conspiratórias e absurdas sobre o judeu louco, *meshugá*, e provar que tudo é uma brincadeira infinita. Mas não é nada disso que se sucede. Ao vasculhar a alma e a mente desses seus atormentados personagens, se confronta com a própria vida e com a loucura. Ele então aceita e compreende o sacerdócio da escrita. Da criação e do autoextermínio. Sente a dor autêntica, legítima e sincera do outro. E de si mesmo.

Ele somatiza tudo. De todas as formas. De todas as maneiras. Durante a escrita, acha que vai morrer. Sente falta de ar, palpitações, angústias terríveis. Não consegue dormir. Não consegue se concentrar.

Não escreve nada que preste. Ele acha que seu fim está próximo e que vai morrer sozinho, triste e com o livro inacabado. Sente dor, física e real, em seu coração. Entra em pânico. Espera, com a mesa posta, pela súbita parada cardíaca. Tem medo de dormir e não acordar nunca mais. O que o espera depois desta vida? Somente um nada absoluto? Seria um abandono total e, por isso, tenta voltar a acreditar em Deus. No deus judeu ou em qualquer outro deus que o acolha nesse momento de inimaginável angústia. Porém não consegue. Não pode. Não há mais fé dentro dele. O fim está próximo.

Ele para de praticar esportes. Quer poupar seu coração para conseguir finalizar o livro antes de morrer. Mas não sabe se é bom. Nunca saberá. Mesmo se estiver vivo durante a publicação, não saberá. Desespera-se. O coração ainda não parou de bater, apesar de sentir uma constante arritmia. Inventa momentos em que ele deixa de bater: "É agora. Adeus." Mas o fim não chega e ele ainda pode terminar sua obra.

Decide, finalmente, procurar um médico. Tem certeza de que será levado para uma cirurgia de emergência. Abrirão seu peito sem anestesia e encontrarão diversas válvulas entupidas, além de uma doença mortal e genética. Ele será certamente desenganado pelos médicos. Ao se encaminhar para a consulta, despede-se de tudo que vê. Imagina. Sonha.

Encontra o médico. Tenta passar certa normalidade. Tenta relaxar para que o coração não exploda naquele instante. O médico o examina. Não há nenhuma alteração. Ele faz um eletrocardiograma. Perfeito. Ele mede a pressão. Perfeita. Ele não tem nada. Mas como assim? Como ele pôde sentir tanta dor durante esse tempo todo e não ser nada? Não, não pode ser invenção. Invenção só existe quando ele escreve.

Ele volta para casa. Não está contente por receber uma nova chance para viver. Começa a sentir dores na virilha. No púbis. Na região abdominal. Tem certeza de que tem uma infecção incurável. Que logo uma apendicite, hérnia ou inflamação generalizada vão tomar conta de seu corpo. E que ele vai morrer tão de súbito que não haverá tempo de o levarem ao hospital. Aguarda muito angustiado pelo fim iminente. Aquela dor é real. A dor no peito era inventada. Inventada pela falta de amor. Pelo abandono. Pelo medo. Mas, agora, toda essa aflição é real. Ele vai desaparecer desse mundo em pouco tempo. Não há como sobreviver com essa maldita (ou bendita) infecção.

O tempo passa e nada acontece. Ele vai ao médico. Faz exames. Não tem nada. Inventou também essa dor? O que está acontecendo? Sofre por estar sofrendo. Seu corpo não suporta tamanha loucura. Ele começa a passar mal. Vômito. Diarreia. Desidratação. Evacua sangue. Tem certeza de que tem um câncer terrível. Sente a metástase percorrer seu corpo. Já imagina que terá apenas alguns meses de vida, mas pretende ainda terminar o livro e viver um grande amor. Diante dessa náusea supostamente verdadeira, ele para de comer. Lembra-se do matemático Kurt Gödel, que foi um dos maiores gênios da história, mas chegou à conclusão de que comer o mataria. Gödel morreu de inanição.

Ele sempre ridicularizou essa história do matemático louco, mas agora, sentindo tantos flagelos pelo corpo, tem certeza de que comer mata. Tudo o que ele ingere lhe causa dores incríveis. E muitas horas no banheiro. Decide beber só água e Gatorade. Fica alérgico a Gatorade logo depois. Come banana. Emagrece em pouco tempo. Começa a sangrar pelo nariz. Não acredita que seja a tal menstruação que Fliess e Freud somatizaram. Mas é algo grave. Gravíssimo. Impossível de curar. Não sabe o que está acontecendo, só sabe que não é nada bom.

Ele tem todas as doenças. Vive todas as dores. Todas as dores dos seus personagens. Começa a beber. Beber muito. Loucamente. Lembra-se de Modigliani. E do tanto que ele bebia para tentar ludibriar a miséria. E do tanto que os outros o olhavam com desdém por ser judeu. Mas a bebida salva. Salva somente no momento em que a pessoa bebe. Por isso ele bebe. Mas ele acorda cada vez pior. Cada vez mais sem vida. Sem motivação. Sem vontade. Ele se odeia. Ele se detesta por ter criado tudo isso, e por ter sido capaz de inventar tamanho sofrimento. Ele está louco. Inteiramente.

O tempo passa. O tempo cura. O fim do livro adormece seus monstros. Finalmente percebe que não existe loucura nele, nem em seus personagens. Eles se consubstanciam em uma só pessoa. Em uma só criação. Ele aceita a dor e compreende humildemente todos os supostos loucos, suicidas e judeus.

# 9.

Ele se questiona: o judeu é realmente louco ou, assim como qualquer outro ser humano, está muito além de qualquer compreensão? Ele não sabe, mas decide matar seu narrador. Assim, ele sonha que vai se tornar verdadeiramente um escritor.

Este livro foi composto na tipologia Classical
Garamond BT, em corpo 11/15, e impresso
em papel off-white no Sistema Cameron da
Divisão Gráfica da Distribuidora Record.